LA VERA STORIA DELL'UOMO SCIMMIA

- Mi sono sempre chiesto - dice Luigi sfogliando un fumetto preso per caso sulla libreria: - questo fumetto è ben disegnato.
- Cosa ti sei sempre chiesto: - rispose Francesca, guardando ironicamente Monica.
- Su, non prendermi in giro, Francesca, lo sai che ho sempre avuto la passione per i fumetti, e questo mi piace per il disegno nitido, e poi questo bianco e nero ben definito mi fa tornare indietro di trent'anni,,, quanti ne ho letti, quanto mi hanno fatto sognare da ragazzo, e poi questo Tarzan è formidabile.
- Santo Cielo, - esclama Vittorio – sogni ancora adesso, in fondo è solo un personaggio della fantasia. -
- Mica tanto – interrompe Alfonso, il vicino di casa, un anziano professore in pensione capitato in casa per chiedere due foglie di basilico – eppure le cronache sono piene di questi uomini cresciuti nelle foreste.
- E' vero – replica Francesca – proprio un mese fa circa, giorno più giorno meno, leggevo su un giornale che in Amazzonia, hanno trovato un uomo di razza bianca, sui quarant'anni, era in condizione di salute critica.-
- Ma ci sono altri esempi, - Risponde Alfonso – che ora non ricordo, ma la saga di Tarzan non si ferma solo al fantastico, poi se quello scrittore, ha dato il nome di Tarzan a questo personaggio, ha voluto chiudere questo capitolo, dando: nome, vicende ed imprese a Tarzan.
- Che poi non si capisce se lo si può definire uomo-scimmia, oppure uomo-belva, oppure semplicemente selvaggio. - Dice Vittorio convinto della sua tesi.-
- Certo – risponde Monica con tono annoiato è proprio un argomento interessante – e sorride ironicamente.
- Bé! - Sorride Francesca – è un argomento come un altro e poi se fosse una stupidaggine, non credo si sarebbero mossi, attori, registi, e case cinematografiche per portare sugli schermi un personaggio che ha appassionato più di una generazione.-
- Io, ho visto Tarzan al cinema almeno dieci volte. - Dice Vittorio.-
- Io, risponde Alfonso – cominciai da ragazzo – poi fa una breve pausa – ma secondo me era quello un Tarzan un po' troppo umano.-
- Quindi – replica Monica – si potrebbe dedurre che quello fosse un selvaggio.-
- Giusta osservazione – risponde Luigi – Monica ha ragione e come diceva prima Vittorio è un selvaggio oppure un uomo scimmia, poiché se si comporta con umanità è un selvaggio, ma se è stato allevato da animali è

come un animale e questo mi sembra ovvio, sul film si comporta da selvaggio mentre è stato allevato da animali, quindi un comportamento incongruente.-

- La serata continua con quell'argomento, chi è convinto e chi come Monica ironizza al punto che suo marito Vittorio, lancia una scommessa: - Riuscirò a convincerti che Tarzan non è soltanto un personaggio della fantasia.-
- Come la convincerai. - dice Luigi.-
- Ci penserò, ci penserò, Tarzan è Tarzan e vincerà lui.-
- Sei come un bambino – sorride Monica.-
- Domani vado in libreria – esclama Vittorio.-
- Io, invece – dice Luigi – domani vado in cineteca, lì troverò quello che fa per noi.-
- Io, invece, ho qualche cosa che forse vi stupirà – Risponde Alfonso.-
- Cosa ha in mente professore? - Gli dice Monica con uno sguardo indagatore.-
- Non vi prometto nulla, ma se ci riesco ti farò ricredere Monica.-
- Ragazzi – esclama Luigi come aver trovato la soluzione.- Stasera, tutti in pizzeria.-
- Ma cosa c'entra – risponde Francesca sorpresa.-
- Non c'entra nulla, ma è pur sempre una bella idea, venga anche lei professore, lasci il basilico e porti anche la sua signora – l'idea piace a tutti – brinderemo alla salute di Tarzan – dice ridendo Vittorio, seguito da una risata generale.-
- La serata finisce in allegria ma sono tutti decisi a portare avanti il discorso di Tarzan.-
- Monica e Vittorio al mattino vanno a lavorare insieme, sono impiegati in una compagnia di assicurazioni così decidono di andare dopo il lavoro in una cineteca di film d'epoca. Mentre Luigi e Francesca non fanno nulla per fare ricerche su Tarzan, forse Luigi ci perderebbe del tempo, ma Francesca non è propensa anche se è un argomento che le piace, ma aspetteranno i loro amici, mentre il professore è sempre misterioso come chi è in procinto di fare qualche sorpresa.-
- Passano alcuni giorni quando una sera, mentre Vittorio e Monica sono a cena, ricevono una telefonata, è il professore Alfonso, risponde Vittorio, poi appena conclusa la telefonata si rivolge a Monica: - E' il professore, mi ha detto che ci aspettano tutti a casa di Luigi.-
- Come mai ha telefonato il professore? Strano – Risponde Monica dubbiosa.-
- Dice che ha delle grosse novità sull'argomento di alcune sere fa – dice Vittorio ancora più dubbioso.

- Quale argomento? - replica Monica.
- Ti ricordi Tarzan? - Cerca di schiarirgli le idee.-
- Tarzan, sicuro ricordo, forse avrà qualche film inedito, o notizie nuove che noi non sapevamo.-
- No, Monica, dice il professore che si tratta molto più di un film inedito.-
- Diamine allora andiamo – dice Luigi contento e Monica di seguito: - Ci presenterà Tarzan in persona, in fin dei conti avrà una ottantina d'anni.- Mentre stanno uscendo ricevono un'altra telefonata è Luigi: - un quarto d'ora e siamo lì – Risponde Vittorio – sono tutti elettrici deve bollire qualcosa di molto grosso in pentola.
- In casa di Francesca e Luigi c'è aria d'allegria, sul tavolo ovale del salotto ci sono spuntini e bevande, l'aria è quella della festa, specialmente se capita il venerdì, perché si può fare tardi, il professore e sua moglie già seduti sul divano sono contenti, si prospetta una serata in compagnia, dopo un po' arrivano Vittorio e Monica, anche loro allegri e ansiosi di sentire la novità.
- Bene professore – esclama Luigi – ci siamo tutti, ora cosa accadrà?-
- Vedrete, tra poco suonerà la porta.-
- Sono tutti incuriositi dal mistero che avvolge la vicenda.-
- Bene – poi esclama Francesca per spezzare quell'atmosfera che si è fatta e guardando il tavolo – mentre aspettiamo che si riveli il mistero del professore beviamo qualcosa. Il salotto a forma quadrata con il centro occupato dal tavolo ovale color noce, con le zampe quadrangolari, sopra una tovaglia color panna, imbandita con gli stuzzichini ed antipasti, ai lati del salotto ci sono tre divani messi uno di fronte agli altri come a formare un quadrato a cui manca un lato, con al centro un tavolinetto basso, l'altra parete quella opposta alla porta di casa, c'è la finestra che si affaccia al balcone dove si può vedere Roma di notte, l'altra parete opposta ai divani è riempita da vari piccoli mobili bassi con sopra vasi e fiori di carta con all'angolo un piccolo mobile bar. Sono tutti in attesa, poi Vittorio dice al professore: -Cosa ci nasconde?- Ma proprio in quel momento suona il campanello, il professore si alza sorridendo: - Ci siamo – si avvicina alla porta con passo lesto, apre ed appare alla porta un uomo in età avanzata, con capelli bianchissimi, con barba e baffi, una figura austera, l'uomo alto sul metro e novanta, accenna un sorriso, guarda tutti, poi entra, - Venga, venga – dice il professore stringendo calorosamente la sua mano, che si accomoda con molta discrezione.
- Venga si accomodi – ribadisce Luigi porgendo anche lui la sua mano. Poi, tutti si presentano ed invitano il signore a sedersi.
- Amici carissimi – dice il professore, una volta compiuti i convenevoli di ricevimento – vi presento il professor Alfonso Brunetti, antropologo

all'Istituto Nazionale Ricerche. Vittorio, Monica, Luigi, Francesca e la moglie del professore rimangono allibiti nel sentire chi hanno di fronte.

- Siamo onorati a tanta cultura – dice Vittorio, rivolgendo lo sguardo verso il professor Brunetti: - cosa lo ha spinto a tanto professore? -
- Cari amici, sere fa abbiamo intavolato una discussione e ci siamo appassionati al discorso e da li ho deciso di dare una risposta chiara perché interessava anche me. Le due coppie rimangono sorprese, non potevano immaginare che un semplice vicino di casa apparentemente grigio e anonimo fosse invece una persona ancora valida e coerente con il suo titolo, tanto da permettersi di poter invitare un luminare dell'antropologia.
- A che proposito? - Risponde Vittorio dubbioso ed incuriosito.
- A proposito di Tarzan – risponde il professore – non volevamo approfondire il nostro discorso su Tarzan? -
- Professore – risponde Vittorio parlando a bassa voce – ma per parlare di Tarzan, ha scomodato un vero luminare?
- Il professor Brunetti, sentendo Vittorio parlare a bassa voce sorrise divertito. -
- Non ti preoccupare Vittorio, il professor Brunetti è qui come testimone. -
- Testimone? - rispose Vittorio.
- Si, il professore è qui per fare luce su Tarzan. -
- Ma, non riesco a capire – risponde Vittorio confuso. A quel punto il professore Brunetti interviene direttamente.
- Vittorio, non si preoccupi, se sono qui è per far piacere al mio caro amico Alfonso, e poi l'argomento mi interessa e credo che interesserà anche a voi, sì! Parleremo di Tarzan, ma non il Tarzan che conoscete voi, quello dei film, ma quello che ho conosciuto io, quello vero!-
- Lei... Lei... - Balbetta Luigi – ha conosciuto Tarzan, insomma un uomo scimmia, un selvaggio, insomma... Tarzan.-
- Si, ho conosciuto Tarzan, ma creda Luigi, è una esperienza che non vorrei ripetere. Tutti fissano il professore Brunetti e si siedono piano, sembrano non voler fare alcun rumore per timore di non capire ciò che dice, Brunetti, anch'egli si siede in mezzo a loro continuando a parlare.
- Professore – chiede Francesca – perché ha detto che non vorrebbe ripetere quell'esperienza?-
- Cara, signora, è stata una esperienza terribile.-
- Ma dove lo ha incontrato.-
- In Africa, quell'Africa immersa nelle foreste più profonde, dove il tempo non ha senso, dove tutto vive in una perenne penombra umida, verde e rumorosa, rumorosa in modo assurdo, brulicante di animali pericolosi e feroci, i pericoli sono ad ogni passo che si compie, odori e profumi si

alternano a maliodori nauseabondi, fiumi e torrenti scintillanti e puri scendono dai dirupi, mentre poi ti infanghi in una palude piena di brutti insetti e mignatte, per non parlare poi delle sabbie mobili e delle zanzare grosse come pipistrelli, scimmie invadenti e aggressive, serpenti, coccodrilli e molte altre belve, ma in tutto questo inseme meraviglioso e terribile allo stesso tempo in questo mondo così selvaggio e confuso, spietato e pericoloso sembra non aver alcun motivo la presenza dell'uomo, tranne la presenza di alcuni scheletri umani, posati in modo confuso ai piedi degli alberi, il corpo dei temerari forse che hanno voluto osare far parte di quell'equilibrio così forte da rifiutare la presenza degli uomini e questo mondo così misterioso ed inestricabile si estende per tre, quattro volte l'ampiezza dell'Italia ed i misteri che si annidano in quei luoghi non verranno mai svelati, si parla di leggende inverosimili di favole, di fatti incredibili, di luoghi favolosi mai visti da occhio umano ma la realtà è ben diversa anche se ci sono luoghi meravigliosi ma pur sempre insidiosi che in effetti passeranno, ma resteranno intonsi all'occhio umano, eppure in questo incredibile mondo qualcuno è riuscito ad infrangere il suo equilibrio , qualcuno che forzando le regole della natura, ha osato farne parte senza esserne rigettato, anzi mimetizzandosi in essa tanto da divenirne il testimone principe, perchè dire: foresta, belva, alberi giganteschi, liane e scimmie ci viene in mente subito Tarzan, insomma la natura selvaggia si identifica in lui, ma nel modo più selvaggio e animalesco che si possa immaginare, è lui o meglio è stato lui l'unico vero sovrano delle foreste, potente signore degli animali, leggendario e terribile, sovrumano e spietato, misterioso, ma sempre presente, anche quando non lo si vedeva. - Il professor Brunetti fa una pausa e subito Monica ne approfitta: - Professore, mi scusi, ma Tarzan di che razza era? -

- Di razza bianca, e sicuramente europea, ma non sono mai riuscito a capire se anglosassone o latino, so soltanto che era alto circa due metri, e forse qualche centimetro in più, capelli castani lunghi, con riflessi rossi, lucidi e stranamente puliti, barba lunga e baffi anch'essi della stessa tonalità dei capelli, occhi verdi e due file di denti bianchissimi ed i canini stranamente più lunghi degli altri denti, come i carnivori, lunghi peli sul resto del corpo, ed indossava una specie di perizoma, in cui si poteva dedurre che avesse il senso del pudore, per il resto era nudo, e per finire una muscolatura inverosimile dotato di una forza spaventosa, era veramente il vero re della foresta.
- Professore – chiede Luigi – perché era di razza bianca e non un africano che poi sarebbe stata la simbiosi più congeniale? -
- Questa è una domanda intelligente, ma credo che l'africano essendo del posto conosce i pericoli estremi delle foreste, quindi evita di entrarvi, prudenza tramandatasi da padre in figlio, quindi chi è riuscito a crescere

in quell'ambiente è uno che non ne conosce le insidie vivendoci in stato di incoscienza. -

- Credo che lei abbia ragione professore – soggiunge Luigi – ma come può essere che un bambino possa sopravvivere in una foresta selvaggia. -
- Sembra – risponde sicuro Brunetti – che si fosse trattato di un bambino rapito ancora in fasce, da delle scimmie ad alcuni coloni boeri, e non deve meravigliare se dal Sud-Africa fu poi presente nelle sconfinate foreste dell'Africa centrale, ma il fatto più straordinario è che il piccolo rapito da alcuni mandrilli, fu a loro volta rapito da alcuni gorilla e portato nelle montagne dove appunto essi vivevano e dovevano essergli molto affezionati poiché crescere un bambino di pochi mesi e farlo sopravvivere e dargli tanta tenerezza è una impresa straordinaria, poi non sottovalutando anche la fibra, fuori del normale del bambino stesso che deve aver resistito a molte malattie, specialmente alle malattie esantematiche.
- Quanti anni avrà avuto a quel tempo Tarzan? - chiede sempre più preso Luigi.-
- Penso almeno, trentacinque anni, era nel pieno delle sue forze... terribile quell'uomo – risponde Brunetti con lo sguardo perso nel passato.-
- Professore – chiede Vittorio – perché lo ricorda in modo così negativo e poi come ha conosciuto Tarzan?-
- Perché mi esprimo in modo così negativo? Vorrei narrarvi tutto, ma non so se abbiamo tempo.-
- Professore – dice Luigi, convinto – ci farebbe un grosso regalo.-
- Il professor Brunetti, guarda gli altri e si convince a narrare la sua storia, che si rivelerà straordinario.
- Bene, vedo che siete tutti ben disposti ad ascoltarmi quindi vi narrerò come ho conosciuto Tarzan, in pratica la sua vera storia.-
- Io sono nato a Napoli, dove vivevo da sempre e lavoravo al porto, allora essendo ancora molto giovane ero nel pieno delle mie forze e facevo lo scaricatore, un lavoro duro, tra gente dura, avevo ventiquattro anni, infatti ero della classe dell'uno, mia madre era una donna di casa, e mio padre lavorava anch'egli al porto che era fonte di lavoro di tantissimi napoletani, fu mio padre stesso che mi introdusse in quell'ambiente, prima studiavo, ma dovetti interrompere per motivi economici, mio padre non poteva permettersi di mantenermi agli studi ed io di buon grado acconsentii la sua decisione, egli era un uomo buono, molto religioso e rispettoso della sua famiglia, per questo accettai la sua decisione anche perché avevo l'occasione di lavorare insieme a lui, era un uomo piacevole, fra i suoi colleghi era ben voluto perché a volte veniva incaricato di svolgere le mansioni di capo molo e dirigeva i suoi operai con sincerità, ma aveva un

cuore grandissimo e tutti potevano approfittare di questa sua magnanimità e quando veniva rimosso da quell'incarico, gli operai lo invitavano alla bettola del molo per offrirgli da bere, una consuetudine per mostrargli la loro riconoscenza, il mio caro papà, lo ricordo ancora con i suoi baffoni biondi, con quella voce velata accompagnato da un buon tono basso. Quanti padri di famiglia fece lavorare e quanti giovani aiutò ad emigrare in America, dopo quarant'anni quelli ancora gli scrivevano per ringraziarlo, anche a me era venuta la voglia di andare in America, ma egli non volle e si oppose con fermezza, e mi spiegò che io ero il suo unico figlio, non ebbi più bisogno di altre spiegazioni e rimasi accanto a lui. Anche la malavita provò a corromperlo, egli volle incontrare il capo della camorra, e dopo quell'incontro fu rispettato anche da costoro, comunque ho voluto fare un quadro di quello che erano gli inizi, della mia esperienza, perché iniziò proprio nel porto di Napoli. Erano i primi giorni di maggio del “venticinque” quel mattino soleggiato, il mare era calmo, ed aveva ormeggiato una nave inglese che era arrivata verso le quattro del mattino, ed alcuni marinai inglesi erano scesi e si erano fermati, alla bettola del porto per bere e per loro abituati al whisky, trovarono il vino buono ma leggero, tanto che fu incaricato un mozzo di andare ad acquistare una cassa di cognac, di whisky non se ne trovava, ci fu subito amicizia fra loro e gli scaricatori del porto, mio padre era in quei giorni capo molo e mise in guardia sia i marinai inglesi che gli scaricatori di non provocare risse, altrimenti avrebbe interdetto ai marinai inglesi di scendere a terra, e avrebbe licenziato gli scaricatori responsabili. Infatti le cose andavano bene, la nave doveva fermarsi alcuni giorni per fare rifornimenti, la nave era di un lord inglese, e la destinazione era l'Africa-Centrale, fu incaricato mio padre di guidare le operazioni di carico, ed io avevo l'occasione di conoscere gente nuova, mi sembravano strani quei marinai; o biondissimi o rossi, quasi sempre ubriachi, ma in fin dei conti erano dei bonaccioni, molto meglio dei marinai di altri paesi. Venivano caricate molte vettovaglie e mi dissero che il lord aveva deciso di fare rifornimento in Italia, perché riteneva molte pietanze italiane le migliori in assoluto di tutto il bacino mediterraneo, poi venivano caricate bobine di corde, armi per la caccia grossa, ma chi erano costoro? Mi sembrava gente proprio strana, ma dovevano essere ricchi sfondati poiché sapevo che erano dei pirati e che andavano in Africa solo per divertirsi, avevo anche intravisto lord Higgins ed il suo seguito. Saranno state una decina di persone, e stavano sempre a parlare fra di loro, mimando chissà quali situazioni o intenzioni, poi scendevano nella stiva, non scesero mai dalla nave, forse erano stati avvisati che a Napoli, c'erano flotte di guaglioni in cerca di turisti da ripulire e non si fidavano del carico che veniva stivato, ogni cassa o contenitore veniva aperto e controllato, minuziosamente, per questo le operazioni di stoccaggio durarono diversi giorni in più da quelli preventivati dall'organizzazione, della spedizione. Lord Higgins presenziava personalmente al controllo della merce e fu in quella circostanza che lo conobbi personalmente, stavo spostando un grosso contenitore di legno, simile ad un baule, di formato superiore e lo avvertii che dietro di lui stava rotolando un barile di petrolio per l'illuminazione egli infatti tenendosi al mio braccio lo spostai di peso evitandogli di essere travolto dal pesantissimo barile e per questo mi fu molto riconoscente, ma rimase credo, perché notò la mia forza, mi guardò, poi sorridendo mi ringraziò. Io continuai a lavorare, poi tornai a terra, ormai il carico era quasi tutto pronto, il fabbisogno alimentare era completo. La nave era stata rifornita del combustibile, mancavano solo la stesura dei documenti doganali. Mi trovavo sul molo a parlare con gli altri scaricatore, quando mi sentii bussare sulla schiena, mi voltai e vidi un signore che voleva parlarmi ed esprimersi in un buon italiano, mi disse: Mister permette – Io mi disposi ad ascoltarlo: - Lord Higgins mi ha incaricato di contattarla per chiederle se vuole unirsi alla nostra spedizione. Io per l'emozione non riuscivo a rendermi conto cosa dicesse, poi risposi in modo confuso: - Non ho capito cosa dovrei fare?- L'uomo sorrise un po' divertito poi rispose: - Lord Higgins vuole che lei venga con noi con la nostra spedizione in Africa, lei è molto piaciuto al lord, perché lo ritiene molto educato, poi forte fisicamente e sicuramente esperto di mare, ma quest'ultima cosa non è importante, e poi dice che lei è una persona con molto intuito, utile per quello che dovremmo fare in Africa, se acconsente potrà partire dopodomani con noi, di solito il lord non è così espansivo, si vede che ha notato in lei, qualcosa che lo ha colpito, ma penso che sia per il fatto che lei ha una educazione naturale che uno scaricatore non può avere, con tutto il rispetto per tutti i suoi compagni di lavoro, allora cosa mi risponde?- Io non riuscivo a capire se ero più sorpreso o più emozionato per quella proposta, poi risposi: - Può attendere questa sera per la risposta?-

- Certo decida con calma, poi mi farà sapere, venga pure a bordo, quando dovrà darmi la sua risposta:- Salutato l'uomo, corsi da mio padre, e gli parlai della proposta fattami dall'emissario del lord. Mio padre ascoltò senza battere ciglia, poi mi guardò serio, mi fissò, io già rivedevo , la scena di quella volta che volevo andare in America.
- Poi mi disse. - Alfonso, ricordi quando volevi andare in America? Io te lo impedii, perché non volevo privarmi dell'unico figlio che ho, se andavi in America, non ti avrei più rivisto, io e tua madre saremmo morti, ma tu non saresti tornato, magari avresti saputo del nostro trapasso da qualche paesano, ma ora ho deciso di assecondare il tuo desiderio, anche se mi duole, ma dovrai pur divenire un uomo vero, e poi vai in Africa che è

molto più vicina e per un periodo breve, quindi vai pure, ma attenzione non sarà una passeggiata, quella terra è piena di pericoli ed insidie, io e tua madre saremo in ansia ogni giorno, quindi vedi di non farci brutti scherzi.

- Papà, non mi aspettavo che tu mi avessi dato l'assenso, comunque non so cosa dovrò fare, ma ti garantisco che tornerò come mi vedi ora.
- Alfonso, quel lord inglese deve svolgere una missione nelle foreste equatoriali, quindi stai molto attento ed ora mi chiedo se non era meglio che andavi in America.
- Non temere papà non ti deluderò.-
- Mio padre mi diede una pacca sulle spalle e mi disse: - ricordati che sei alto e grosso. - come voler intendere che avevo forza abbastanza per potermi difendere. Tornai a bordo e scesi nella stiva dove c'erano la cabina dell'equipaggio, appena mi videro, quelli della spedizione mi accolsero con sorrisi e strette di mano – venga – disse quel signore che mi aveva contattato la prima volta. - Lord Higgins la vuole conoscere – mi fecero entrare nella cabina del nobile inglese; era un signore sui quarantacinque anni, alto quasi come me dato che io sono sul metro e novantasette, capelli castani, e gli occhi color nocciola, sembrava quasi un latino, ma era di sangue nobile, mi porse la sua mano con affabilità, e mi disse con un italiano perfetto: - Devo ritenere questa sua visita come conferma che ha accettato la mia proposta? - rimasi meravigliato - milord disse il solito signore: - parla otto lingue, e non si meravigli se parla così bene l'italiano. -
- Meno male – così durante il viaggio potrò parlare e farmi capire. -

al che tutti risero, non potevo esordire in modo migliore. Mi fu subito assegnata una cabina, quello sarebbe stato il mio sito logistico.

Tornai quella sera a salutare anche mia madre che stranamente non riempì il fazzoletto di lacrime, anzi mi confermò che mio padre aveva dato il suo permesso e se lo aveva dato lui significava che si poteva fare, ma poverina non sapeva dove dovevo andare.

Preparai la mia roba, oltre ai vestiti, mi portavo un grosso coltello, mia madre era un po' triste, però mi aiutò a preparare la valigia, in ultimo mise una busta di carta ruvida e mi disse. - queste ti serviranno – cosa poteva stare in una busta, che mi poteva servire, io allora presi la busta, l'aprii e dentro c'erano: - un rosario, un cartoncino con le immagini del Sacro Cuore, dell'immacolata e un santino di San Gennaro; stavo sicuramente in buona compagnia, mia madre mi guardava compiaciuta ed io risposi soddisfatto: - Brava mamma, questi si che mi proteggeranno – sembrava sicura della mia fede, ma io la fede l'avevo davvero e tenni sempre con me quelle immagini.

Tornai alla nave e fui accolto con molta cortesia, poi fui condotto nella mia

cabina. Posate le mie cose fui invitato nella cabina di lord Higgins che sembrò lieto di vedermi, mi invitò a sedermi, mi offerse del liquore, ma io non bevevo e non ne volli, e lord Higgins ne fu lusingato: - Complimenti Alfonso, lei è un virtuoso, da quello che mi hanno riferito credo di aver scelto un buon aiutante, ora vada pure nella sua cabina e le auguro un buon viaggio, dopo con più calma le presenterò tutti i componenti della mia spedizione.
Mi chiusi nella mia cabina a mettere a posto la mia roba.
Sentii bussare alla porta, aprii e di fronte a me c'era uno dei componenti della spedizione che si presentò sorridendo:

- Permetti che entri? -
- Certo accomodati – l'uomo entrò, si guardò intorno, diede un'occhiata alle mie cose, poi tese la sua mano: - Alex, e sono uno dei componenti della spedizione, laureato in scienze naturali. - Io strinsi la sua mano e risposi: - sei inglese? -
- Inglesissimo -
- Ma parli molto bene l'italiano. -
- Certo, durante i miei studi ho passato in Italia, quattro anni, conosco il tuo paese, dalle Alpi fino alla punta della Sicilia, gli studi mi hanno permesso tutto ciò, l'Italia è un paese straordinario sotto tutti i punti di vista, quindi in Italia può fare esperienza: un geologo, un archeologo, un vulcanologo, e via dicendo.

Io rimasi confuso e compiaciuto nel sentire elogiare il mio paese, di cui ero fiero, e lo sono tutt'ora, io risposi: che avevo dovuto interrompere i miei studi per motivi economici.
L'uomo con gentilezza mi interruppe: - ora che hai avuto la fortuna di essere stato assunto da lord Higgins credo, al ritorno avrai la possibilità di riprendere gli studi, lord Higgins è uno dei nobili più ricchi d'Inghilterra e sapessi quante persone ha rifiutato, il suo studio era meta di grandi studiosi, e personaggi molto importanti, ma lui non si è lasciato commuovere, né convincere.

- E, come ha scelto te? - chiesi incuriosito.
- Lo vuoi proprio sapere? - L'uomo fece una pausa, poi sorridendo disse:

- Sono suo nipote, suo nipote carnale, mio padre è suo fratello, quindi la scelta non poteva che essere più scontata, ma è la tua assunzione che mi sorprende, come lo hai conosciuto? -

- L'altro ieri, mentre stavamo mettendo in ordine la merce nella stiva, lord Higgins era presente e comandava le operazioni di stivaggio, e mentre stavamo spostando un grosso contenitore, un barile di petrolio aveva perso l'equilibrio e rotolando si dirigeva proprio contro lord Higgins, allora io senza grida ne mosse brusche lo presi per un braccio e lo invitai a spostarsi, con il mio aiuto si spostò con una frazione di secondo e questo gli evitò di essere travolto dal pesantissimo barile, rimase un po' confuso, poi guardò il barile che continuò la sua rumorosa corsa verso una parete della stiva, poi mi guardò sorpreso e sorrise quasi compiaciuto, credo che abbia apprezzato la mia prontezza di spirito.-

- No, so che ha colpito mio zio, sicuramente la tua discrezione, la tua educazione, qualità molto apprezzata da lui, è questo che lo ha colpito e se è questo il motivo, ti avrà in grande simpatia e considerazione, spero che io non divenga geloso – poi sorrise divertito e soggiunse: - bene ci siamo conosciuti un po' di più, e credo che mio zio abbia avuto un buon intuito ad assumerti.-
- Ti ringrazio e sono contento – risposi compiaciuto.
- Alfonso, cosa sai fare? -
- Diverse cose, so usare molto bene i cordami, so preparare paranchi e piccoli ponti, so accendere il fuoco in diverse maniere, so lavorare un po' il ferro, so preparare le lame da taglio e so preparare la pastasciutta.-
- Però – rispose Alex compiaciuto – e specialmente l'ultima mi sembra una buonissima referenza, la pastasciutta una volta che l'hai assaggiata non ne puoi più fare a meno – ci mettemmo a ridere di cuore, avevo rotto il ghiaccio con Alex, nel migliore dei modi, poi egli sempre sorridendo mi disse: - Ti chiederai cosa ci fa una compagnia di inglesi a Napoli.-
- Veramente non capitano tutti i giorni situazioni simili.-
- Ora ti rileverò cosa andiamo a fare in Africa – io aspettavo con curiosità le rivelazioni di Alex e lui con semplicità riprese:
- Studi, solo studi, semplici studi, mio zio è un grande appassionato di studi naturali, erano anni che preparava questo viaggio, aveva incaricato una sua banca di preparare questo viaggio con un capitale adeguato, la nave l'acquistò a Liverpool da un armatore in difficoltà, quindi una vera occasione, una volta procuratosi il mezzo di trasporto, il resto fu facile mettere in atto il suo desiderio, l'equipaggio, è tutta gente scelta dalla flotta reale di sua maestà il re d'Inghilterra che ci porteranno in Africa e lì ci attenderanno fino al nostro ritorno dalle foreste sterminate nel cuore del continente.

Partimmo all'alba, mio padre sul molo mi salutava con un bel tricolore, finché non sparì alla mia vista quando il filo dell'orizzonte non mi nascose anche il Vesuvio.

La prima sosta la facemmo a Gibilterra, per me era tutto nuovo, tutto da vedere, non mi ero mai allontanato da Napoli per tanto tempo, da bambino mio padre mi aveva portato a Roma, mi portò a visitare S. Pietro il Colosseo, poi ero stato in Calabria, due volte in Sicilia, ma erano stati viaggi di un giorno o due e questa era la prima volta che espatriavo.

Dopo la sosta ripartimmo e per la prima volta vidi l'Oceano, era immenso al cui confronto il nostro mare sembrava un laghetto, le onde erano colline che si

spostavano rapidamente, una volta sembrava essere circondati da queste colline, oppure sembrava di essere in cima ad una di esse, poi ci fu bonaccia, e l'oceano sembrava uno specchio su cui la nave scivolava veloce, intorno a noi solo oceano, ma la stagione prometteva bene.
Ma le cose si misero maluccio per me, poiché fui colto da diarrea e vomito, accadde in coperta, cominciai ad avvertire forti dolori addominali, il medico della nave il dottor Barras, capi subito i miei sintomi e mi consigliò di chiudermi nella mia cabina, mi visitò e mi affidò alle cure di un esperto marinaio che si intendeva di disturbi come i miei, non parlava italiano, era burbero ma simpatico, mi portò una grossa ciotola di un infuso che profumava di limone, e per essere un inglese sapeva trattare i limoni, il mio disturbo durò due giorni.
Lord Higgins mandava a chiedere sempre del mio stato di salute, ma era un disturbo di poco conto, tanto che se ne andò come era venuto e da allora non ebbi più fastidi alla salute.
Cominciai a lavorare sui nostri vettovagliamenti e su tutto il materiale che doveva scendere con noi.
Passò così una settimana di navigazione, finché un giorno il lord mi fece chiamare nella sua cabina, entrai, ed aleggiava nell'aria un buon odore di tabacco, lord Higgins fumava la pipa, era seduto sulla sua poltrona, aveva arredato la sua cabina quasi come il salotto di casa sua, mi accolse con un sorriso: - si accomodi Alfonso, come si sente?-

- Bene, signore, la ringrazio, ormai tutto è passato.-
- Buon per lei ed anche per me, poiché conto molto su di lei che lavorerà per me, le darò cinquanta sterline al mese, ed a spedizione finita, le darò altre duecento sterline se avrà lavorato bene, comunque questa cifra è già stanziata poiché ho molta fiducia in lei, caro giovane Alfonso, la nostra spedizione è a scopo scientifico, andiamo in Africa per scoprire piante e fiori nuovi, ma anche animali e chissà anche qualche antica necropoli, andremo nelle foreste vergini, fino nelle intricate selve delle montagne, certo non sarà un'impresa facile... ma naturalmente può anche rinunciare potrò farla tornare indietro con qualche bastimento di ritorno in Europa.
- No, signore, verrò con lei fino in capo al mondo, sarò la sua ombra, mio padre mi ha insegnato che non bisogna mai tentennare, ma guardare avanti con coraggio.
- Molto bene, davvero molto bene. - Rispose molto soddisfatto lord Higgins.- Ora può andare Alfonso, si metta comodo.-

Uscii contento dalla cabina di lord Higgins ed andai nella stiva a legare i nostri bagagli. Ancora tre giorni ed arrivammo in un porto del golfo della Guinea, il caldo già invadeva la fredda stiva, un sole accecante illuminava con bagliori le parti d'acciaio della nave; appena gettammo il ponte una folla si fece avanti, fra

scaricatori, gente in cerca di farsi assumere come scaricatore, o come portatori, curiosi o semplici marinai, una moltitudine rumorosa a cui si era unita una frotta di ragazzi.
I dirigenti della spedizione scesero per sbrigare gli oneri di frontiera, poi quando ci diedero i documenti con il permesso, scendemmo anche noi.
La spedizione era composta da lord Higgins, Tiffany la sua segretaria, Alex suo nipote, poi c'erano se ben ricordo il signor Landis e il signor Mac Dermott, due studiosi di scienze naturali, poi due cacciatori di professione che dichiaravano di aver partecipato a cinquanta safari ed erano il signor Heat e Malcon, con me parlarono sempre poco, ma furono sempre educati, poi c'erano Farady il cuoco e due tecnici Roland e Wayne, poi c'ero io tutto fare, facevo una lunga selezione per scegliere i portatori, ne furono assunti dieci, quindi ci muovemmo, da quella piccola città, formata da povere case, tranne gli uffici del posto che dovevano essere stati costruiti dai belgi o dai portoghesi, ma tra le ultime case e le foreste c'erano pochi metri, alcuni del posto ci aiutarono ad entrare in un sentiero che secondo loro era sicuro per almeno tre o quattro chilometri che a me sembravano una esagerazione, comunque ci inoltrammo nel sentiero, era tutto verde e fiori e lo schiamazzo degli animali cominciava a sentirsi abbastanza forte, mentre i portatori ci davano alcuni consigli di come comportarsi fra le foglie e i rami in terra.
Il nostro cammino iniziò verso mezzogiorno, avevamo con noi alcuni asini per il trasporto delle nostre attrezzature, e cominciavano a farsi sentire gli insetti che ronzavano intorno a noi.
Tutto intorno un mondo nuovo per me, e quelle cose le avevo sentite a scuola o in qualche giornale oppure alla radio quando raccontavano le avventure di Sandokan, allora mi sembrava un mondo fiabesco, ma la realtà è ben diversa; comunque camminammo per più di mezza giornata, i portatori ci consigliavano di mettere il cappello e di cacciarci gli insetti, poi uno di loro, un negretto molto basso sulla quarantina, mi porse alcune foglie facendo segno che dovevo sfregarle sulle parti del corpo scoperte, facendomi capire con dei segni, che facendo come diceva lui, gli insetti pericolosi non mi avrebbero punto e questo suggerimento mi avrebbe salvato in futuro da tante malattie, io ero molto attento ai consigli di costoro che erano di quei luoghi.
Finalmente arrivammo in un villaggio, molto esiguo, e poverissimo, ma più che un villaggio sembrava un avamposto o più esattamente un punto di scambio o una specie di dazio, comunque quella che fino a quel momento mi sembrava una foresta inestricabile era soltanto un boschetto a confronto di quello che vidi di lì a poco.
Il villaggio era disposto in una radura molto ampia con alcune strade segnate dalle ruote dei carri che si perdevano tra le erbe alte che circoscrivevano il villaggio, facemmo sosta vicino ad una specie di magazzino fatto di legno, lord Higgins ed alcuni della spedizione entrarono e poi seppi che quello era l'ufficio

di un funzionario dello stato che doveva controllare questa spedizione, io curiosavo tra le capanne quando il mio sguardo si fissò sulla vegetazione che era oltre le casupole e mi resi conto che la vegetazione attraversata era ben poca cosa a confronto delle foreste che apparivano a meno di trecento metri dal villaggio.
Poi vennero da me Tiffany ed Alex e mi dissero che saremmo ripartiti il mattino seguente poiché il funzionario ci avrebbe messo a disposizione una guida per farci strada nelle foreste.
Uno dei portatori, che evidentemente mi aveva preso in simpatia, mi fece capire con la sua mimica che per la notte mi avrebbe fatto dormire in modo da evitare il pericolo dei serpenti e passò tutto il resto della giornata a costruire con le liane un'amaca che fissò tra due tronchi di piccolo fusto, sotto lo sguardo divertito degli altri componenti della spedizione e degli altri portatori, che però si sbrigarono a seguire il suo consiglio e ne imitarono l'esempio, ma Heat e Malcon, i due cacciatori avvezzi di safari non si preoccuparono di costruirsi le amache, infatti dormivano su alcuni grossi bagagli che facevano parte della nostra spedizione.
Il mattino seguente ci mettemmo in cammino verso la vera e propria foresta africana, non mi rendevo conto a cosa andassi incontro.
Più ci avvicinavamo, più sentivo il frastuono che facevano gli animali della foresta e più ci inoltravamo più il frastuono si faceva assordante, dal cinguettare alle urla più strazianti e terrificanti.
Sinceramente non avevo paura, ma avevo solo il timore per l'ignoto, scrutavo a destra e sinistra, guardavo in aria, era un mondo meraviglioso e selvaggio e nella mia fantasia, cercavo di immaginare il volto dei selvaggi della foresta, sembrava tutto verde e tranquillo, ma in futuro non sarebbe andato così, il sentiero era stretto ma ben delineato e si perdeva senza fine nella boscaglia, i piedi si erano accaldati al punto che scivolavano negli scarponi, verso le quattordici decidemmo di fare una sosta, in uno spiazzo, i portatori si sdraiarono ed anche noi, io mi tolsi i scarponi e fu un gran sollievo e provai a fare alcuni passi scalzo e subito uno dei portatori mi si avvicinò quasi gridando, e mi fece subito calzare gli scarponi, io allora dissi ovviamente nella mia lingua, perché io dovevo andare calzato e lui scalzo e riuscì a farmi capire che loro erano abituati, perché avevano sotto i piedi un callo spesso almeno un centimetro e anche sulle caviglie c'era una coltre spessa di pelle e preso in mano uno scorpione fece sì che lo pizzicasse ma l'insetto non ci riusciva, poi gettatolo a terra lo schiacciò, io allora asciugatomi i piedi, calzai i miei scarponi quasi inorridito alla vista di quel grosso insetto che non avevo visto, mentre il portatore sembrava averlo fatto comparire dal nulla.
Dopo circa due ore ripartimmo lentamente, io ero curioso di sapere quanto dovevamo camminare ancora e mi avvicinai ad Alex dopo aver sorpassato Higgins e Tiffany salutandoli.

- Alex, ma quanto dobbiamo camminare, solo per curiosità.-
- Caro Alfonso, vedi quei monti?- Alzando lo sguardo vidi i monti interamente coperti di foreste e le sommità erano immerse nelle nuvole e nelle nebbie, uno spettacolo selvaggiamente meraviglioso ed immenso.
- Quanti giorni di marcia ci vorranno?- chiesi stupito.
- Senti Alfonso, io non ho mai partecipato ad un safari, ma credo che una bella settimana non ce la toglie neanche il dottore.-
- Pensavo peggio.- risposi rassicurante ed Alex mi sorrise dandomi una pacca sulla spalla. Sopraggiunse la prima notte nella foresta, furono accesi alcuni fuochi che rimasero tutta la notte, il mattino seguente mi svegliai con un profumo che non avrei mai sperato ci fosse e cioè l'aroma del caffè.

Farady ne aveva preparata una pila, certo non era come quello che facevamo noi a Napoli, ma solo il profumo già metteva il buonumore.
Farady lo versò nei boccali di ferro, mentre lui tracannò una lunga sorsata di whisky, poi porse un boccale di caffè ad Higgins, che gli fece un gioviale rimprovero: Faray, di mattina non credo sia molto consigliato, riferendosi al whisky tracannato poco prima.

- Così vedrai più animali di quanti ce ne sono.- ribattei io.

Lord Higgins capì subito il senso della battuta e rise, poi lo tradusse a Tiffany, fu come un contagio, risero tutti alla mia battuta, ne fui felice, prendevo confidenza con gli altri componenti della spedizione.
Fu deciso di partire e riprendere la marcia, ma di selvaggi non ne vedevo, ma ero male informato, forse nella foresta i selvaggi erano l'unica componente che non giustificava la loro presenza, di animali quanti ne volevo, ogni tanto infatti grossi uccelli sfrecciavano verso il cielo, le scimmie gridavano, salivano sui rami più alti degli alberi, ma quella non era ancora la parte più selvaggia della foresta, facemmo una sosta verso mezzogiorno, ma c'era il primo ostacolo, dovevamo guadare un piccolo fiume, ma il capo dei portatori molto esperto si appartò con Heat e Malcon, che sembravano preoccupati, poi i due cacciatori si rivolsero a Higgins che scuoteva il capo, poi Alex venne da me: - Dobbiamo guadare questo piccolo fiume, ma il portatore capo teme che possa essere infestato dai coccodrilli.-

- Coccodrilli? - risposi sorpreso.
- Qui sono di casa, con un po' di attenzione passeremo all'altra sponda. - Mi rispose Alex fissando il fiume. Di fatti dopo vari tentativi i portatori molto esperti riuscirono a far allontanare cinque grossi coccodrilli, io non ebbi il coraggio di guardare, tranne il gorgogliare nel centro del fiumiciattolo, forse era proprio uno di questi grossi animali che si allontanava.

Passammo il fiume e continuammo la nostra marcia, facemmo un'altra sosta, erano circa le sedici, l'orologio da tasca che mi aveva regalato mio padre era

molto preciso.
La fatica cominciava a farsi sentire ed il caldo ci toglieva il respiro, i luoghi si facevano sempre più selvaggi, ad alcuni metri c'era un banco di nebbia e vidi una figura scomparire nella boscaglia, Alex mi guardò un po' scosso, io ero più scosso di lui, poi egli si rivolse a Malcon, poi mi riferì allarmato anche se cercava di nasconderlo: - è un gorilla di montagna.-

- Santo cielo, ora siamo nei guai. - risposi confuso, ed egli parimenti confuso mi rispose con una stupidaggine: - No, se non li infastidisci non ti dicono nulla, è importante non fissarli negli occhi, - difatti io non vedevo l'ora di incontrarmi con un gorilla di montagna, stringergli la mano e dirgli: - ciao, io non ti infastidisco e non ti guardo ne anche negli occhi, va bene?- Poi risposi: perché?-
- Fissarli negli occhi è come sfidarli e non credo che sia il caso.-
- Non credo proprio – confermai.
- Lassù – indicò Alex – faremo il campo, si intravede un piccolo altipiano.
- Ma sei tu che decidi dove fare il campo? -
- Certo, io sono un geologo e mio zio si fida di me, quella altura ci permetterà di vedere un bel po' di territorio circostante. -
- Credo che tu abbia ragione – Dopo due giorni arrivammo al tanto desiderato campo, quella sarebbe stata la nostra base logistica, i portatori furono messi a tagliare erbe e rimuovere rami e tronchi per ottenere un tratto di spazio pulito, furono alzate diverse tende, sistemati tutti i materiali e vettovaglie e tutto il resto.

Cominciava ufficialmente la spedizione scientifica voluta da lord Higgins; Landis e Mac Dermott, iniziarono subito le loro ricerche, i loro studi sulla flora e sulla fauna, lord Higgins e Tiffany nella loro tenda compilarono i loro rapporti, mentre Farady per fortuna metteva su la sua cucina, Roland e Wayne si misero all'opera con i loro strumenti, mentre Heat e Malcom metteranno a punto le loro armi, io intanto mi ero ingegnato a costruire una tettoia che ci avrebbe permesso di essere coperti dalla pioggia ed avere una completa vista del paesaggio.
Con l'aiuto dei portatori preparai sei tronchi alti sui due metri e mezzo, li conficcammo nel terreno, posti come a formare un rettangolo, poi con delle pietre piatte, creammo un rudimentale pavimento, presi altri tronchi con diametro più piccolo di quelli conficcati nel terreno, li poggiammo in testa a questi poi con l'aiuto di alcuni grossi chiodi e con le liane le fissammo saldamente poi coprimmo con delle grosse foglie in più strati, una copertura robusta e sicura la fissammo bene, ci avrebbe coperto dalla pioggia e dal sole, lord Higgins era contento, tanto che spostò sotto la mia tettoia il suo quartiere generale, si stava veramente bene, poi l'avevo situato in una posizione che poteva controllare tutto l'intorno, insomma in un futuro sarebbe divenuto il

centro delle nostre attività.
La sera ci addormentammo profondamente, naturalmente fu istituito un turno di guardia.
Il mattino, quando ci svegliammo, avemmo una sorpresa; non eravamo soli, infatti alcuni indigeni della foresta si erano fatti vivi, erano una quindicina, stavano in piedi, armati con lance acuminate, ci guardavamo silenziosi, avevano anche lo scudo, avevano disegnati sul viso e sul corpo segni bianchi e rossi; ci svegliammo nel panico, ma evidentemente sia i portatori che i due cacciatori conoscevano le usanze di costoro non si scomposero più di tanto, si alzarono piano, poi presi alcuni oggetti ed alcune cose da mangiare le porsero loro che sembravano gradirlo molto, poi assunsero un atteggiamento più socievole e chiesero ai portatori cosa facessero; e dopo un lungo dialogo riferirono a lord Higgins che gli indigeni non avrebbero dato fastidio alla spedizione se gli avessero fatto dei regali, era un ricatto bello e buono, ma averli contro nel loro territorio, non era certo un vantaggio e lord Higgins chiese a quanto ammontava la quantità di regali, poi si diresse verso un grosso bagaglio contenente generi alimentari, e disse al portatore di riferire che avrebbe dato loro la metà del bagaglio se avesse lasciato libera la spedizione. Il capo degli indigeni sembrava soddisfatto dell'offerta, ma credendo in un inganno chiese perché veniva offerta quella merce senza esitare, lord Higgins fece riferire che donava senza esitare perché conoscendo il loro valore voleva che diventassero loro amici anzi chiedeva loro aiuto.
Il capo rimase molto compiaciuto e prese tutta quella merce e sparì nella foresta con i suoi uomini.
Alcuni della spedizione si lamentarono con lord Higgins, che rispose:

- Voi, avreste avuto un'idea migliore? -

Poi riprese: - Qui sono i padroni incontrastati e poi anche per loro è difficile la vita nella foresta e poi non credo che si rifaranno vedere molto presto. Forse lord Higgins aveva visto giusto, anzi aveva avuto le idee chiare e precise tanto da convincere il sospettoso capo degli indigeni.
Passato quel momento di tensione, Farady preparò un profumato caffè, dopodiché si diede inizio ai lavori.
Io fui assegnato come aiutante dei due ricercatori Landis e Mc Dermott, un compito piacevole, dovevo trascrivere appunti e mettere in contenitori i reperti che raccoglieranno, i due strani scienziati erano accompagnati da due portatori esperti e conoscitori dei posti.
Rimasi con loro per alcuni giorni, fortunatamente le nostre ricerche si limitavano nel raggio di pochi metri, mentre lord Higgins aveva preso possesso della tettoia costruita da me, con la fedele Tiffany, passava ore ed ore a registrare tutte le fasi della spedizione, tutto sembrava filare per il meglio.
Alex scalpitava e si prendeva gioco di Landis e Mec Dermott poiché si riteneva superiore ai due appellandoli "matricole scarse" voleva anch'egli dare prova del

suo valore, era un geologo di alto livello, preparatissimo e colto, erano giorni che cercava un motivo per mettersi al lavoro e ciò avvenne un pomeriggio, saranno state le diciassette e vidi Alex fissare un punto della foresta dalla parte dei monti, io mi avvicinai per curiosità, lui mi sorrise, mi fissò un attimo poi guardando di nuovo lassù mi disse: -Al guarda quel picco sembra una specie di mestolo, chissà cosa ci sarà là dentro? -

- Perché quel posto ti interessa? -
- Vedi geologicamente è strano, chissà se si può andare? -

Io non avevo una risposta, ero proprio il meno indicato, poi Alex mettendomi una mano sulla spalla mi chiese se sarei stato disposto ad accompagnarlo lassù, io acconsentii, lui di rimando rispose: - Davvero ci verresti? -

- Certo, ma andremo soli? -
- No certo, ci porteremo alcuni portatori. -

Così, detto e fatto, con il benestare di lord Higgins ci muovemmo verso il picco. Con cautela, nella vegetazione, i portatori ci facevano strada, mentre camminavamo Alex disse: - Al, mentre camminiamo raccontami qualcosa di te, è un modo come un altro per conoscerci meglio, tanto vedrai, dopo questa esperienza rimarremo amici per tutto il resto della nostra vita, sarà bello raccontare al mio paese che ho un amico italiano.
Io sorrisi compiaciuto, Alex era inglese, ma doveva avere anche lui qualcosa di latino, espansivo e sincero, allegro e sorridente: Alex, hai proprio l'indole latina.
-

- Io credo, sono stato in Italia quattro anni consecutivi e credo di essere anche un po' italiano, forse da voi ho trovato terreno fertile per il mio carattere, tante volte mi hanno chiesto se ero romano, mi veniva da ridere.
- In effetti sembreresti un discendente e non dimentichiamo che sono stati da voi quattrocento anni. -
- La tua tesi non è campata in aria, c'è del vero. - ridemmo di cuore, l'amicizia nasceva davvero.

I portatori ci precedevano con cautela, mentre il sentiero si faceva sempre più ripido e faticoso, ma eravamo ai piedi dei monti, ed ogni passo diveniva aspro e tortuoso, la vegetazione era talmente folta che sembrava ci carezzasse, tranne i versi degli animali che erano assordanti, sembrava che tutto andasse bene, vedemmo ancora più in alto la sagoma di qualcuno che si inoltrava nella vegetazione – è lui – esclamò Alex, alludendo sicuramente ad un gorilla.
Arrivammo alla nostra meta e facemmo un piccolo campo, Alex studiava pietre e vegetazione, mentre io scrutavo l'ambiente, uccelli che roteavano sopra di noi, scimmie che saltellavano da un ramo all'altro, i portatori si erano allontanati nella boscaglia ed io lo feci notare ad Alex con una certa apprensione, loro conoscevano la strada del ritorno noi no, ma egli mi rassicurò non erano andati lontano.

- Piuttosto vieni qui – mi disse tanto per farmi distrarre, ma non mi sentivo sicuro, temevo che ogni foglia potesse nascondere un'insidia.

Eravamo intenti a guardare un insetto schifoso, quando dalla vegetazione uscirono i tre portatori visibilmente eccitati, gridavano e saltavano come scimmie si fecero intorno a noi, balbettando chissà quale lingua e ci incoraggiavano a seguirli, sembravano avere il fuoco sotto i piedi, noi ci guardammo e li seguimmo correndo dietro di loro, erano veloci e saltavano come cerbiatti li vedevamo a stento ed io avevo paura di perdere le loro tracce, vidi muoversi delle foglie, era lì che dovevo correre.

Alex si rivelò ottimo corridore, io avevo una mole superiore quindi ero più pesante, comunque arrivai e li vidi raggruppati a guardare a terra, anch'io volsi lo sguardo a terra e rimasi esterrefatto, in terra c'erano sparsi tra le foglie una gran quantità di vettovagliamenti donati agli indigeni da lord Higgins, non riuscivo a capire cosa ci faceva quella roba messa lì, era stata portata e lasciata lì, era stata: lasciata o portata?

Sparsa un po' qua e là ma non sembrava essere stata gettata, forse era più probabile che fosse stata "lasciata", c'erano scatolette di carne, barattoli di prodotti sott'olio, fagioli e ceci ed altri alimenti che ora non ricordo e la cosa che più ci lasciò dubbiosi erano la presenza tra quegli avanzi di oggetti personali degli indigeni come: collane, bracciali, ornamenti vari e poi la cosa più sorprendente c'erano alcune delle loro armi, e stranamente erano macchiate di rosso che a me sembrava sangue e di chi?

Proprio un bel mistero, Alex intimò ai portatori di non toccare nulla, ne di rovistare tra quella roba, io la scrutavo attentamente, ma a me sembrava proprio sangue, comunque prima di andare afferrai un oggetto che sembrava un ornamento che gli indigeni probabilmente portavano sul capo e questo era macchiato più degli altri.

Tornammo subito al campo, Alex rinunciò alle sue ricerche su quel picco e narrammo ciò che avevamo visto, io partecipai alla discussione ma fra di loro parlavano la loro lingua quindi la mia partecipazione fu marginale,
però mi ero riservato di parlare direttamente con lord Higgins, infatti dopo che fu organizzata una spedizione per cercare di recuperare quella roba, guidati da Alex, io rimasi al campo, poi preso l'ornamento che avevo recuperato in precedenza mi recai sotto la tettoia ove Higgins era con Tiffany a redigere i suoi scritti.

- Signore – Higgins vedendomi rimase sorpreso, non mi ero mai rivolto a lui direttamente, mi sorrise e poi rispose: - Caro Al, vieni, vieni pure quale piacere – Io mi avvicinai, salutai Tiffany, vedendola da vicino non era una gran bellezza però aveva i lineamenti del viso delicati, poi anche lei contraccambiò il saluto e mi offrì del caffè, io accettai di buon grado anche se era fatto alla loro maniera.
- Allora Al, cosa vuoi dirmi? - Mi chiese Higgins.

- Signore, vorrei dire alcune cose a proposito di quel ritrovamento.-
- Bene, bene mi interessa il tuo parere Al.-
- Signore, io sono convinto che questo rosso – dicendo così, mostrai a Higgins e Tiffany l'oggetto – è sangue e non terre colorate per i loro ornamenti.-

Higgins prese l'oggetto lo guardò attentamente poi lo porse a Tiffany che lo toccò quasi schifata.

- In effetti – esclamò Higgins scrutando attentamente l'oggetto – sembrerebbe sangue, però secondo me è ocra rossa e basta.-
- Mi scusi – insistei io, sicuro di ciò che sostenevo.-
- Signore, perché allora, ha questo tratto, che è stato fatto, facendo scivolare il colore a questa maniera, se fosse un ornamento sarebbe un tratto ben delineato, preciso – anche questo è vero – replicò Higgins – ed anche se fosse sangue cosa proverebbe? -
- Proverebbe che se è sangue, significa che c'è stato un evento violento di grosse proporzioni, quando vennero al campo gli indigeni erano una quindicina circa, e dagli oggetti ritrovati in gran quantità significa che al momento dell'abbandono degli oggetti stavano insieme e poi questo colore rosso sta anche attaccato ai generi alimentari anche a forma di gocce cadute su essi.-

Higgins rimase perplesso e rispose fissandomi – le tue deduzioni potrebbero essere esatte, comunque poi – vedremo l'altro materiale.-
Higgins rimase fisso su quell'oggetto, se c'era stata violenza doveva essersi trattato di uno scontro sanguinosissimo. - E poi, se avessero avuto uno scontro con i loro nemici.- Rivolgendomi a Higgins – perché non ci sono i corpi dei caduti? - Quanti dubbi, quanti perché, era un vero mistero.
Rimasi sotto la tettoia, ma avevo voglia di lavorare, così mi misi a costruire una specie di ombrello, molto grande, che poi fissai a terra, faceva bella ombra, tanto che Farady spostò la sua cucina lì vicino, poi con liane fine tirate da un ramo ad un altro feci uno stendi panni subito usato da Tiffany e da Farady, come ingegno non ero male.
Verso le tredici, fecero ritorno Alex e i due cacciatori ed alcuni portatori, con gli zaini carichi di quasi tutto il materiale che avevamo donato agli indigeni; fu scaricato vicino la tettoia, mancava qualcosa, ma c'era quasi tutto e fu lì che avemmo la certezza che eravamo di fronte ad un vero mistero, comunque era tutta roba ormai inutilizzabile, poiché era tutta o quasi ricoperta di quel colorante rosso, che tutti si ostinavano a non considerarlo sangue, eppure era evidente che non era ocra rossa, ma sangue, lo si vedeva, solo Higgins non si pronunciò, aveva dei dubbi, ma eravamo in due.
Eravamo solo all'inizio, comunque fui subito impegnato in un'altra missione, così il mattino seguente uscimmo dal campo; eravamo: io, i due portatori, Alex,

Malcom il cacciatore, ed alcuni portatori, ci muovemmo nella foresta tra il frastuono che procuravano gli animali, i due ricercatori sembravano visibilmente eccitati nel vedere il materiale che la natura metteva a loro disposizione, mentre Malcom sempre serio ed impassibile, assisteva silenzioso, era un tipo strano, non lo avevo mai visto ridere neanche quando si creavano situazioni divertenti, io mi comportavo nei suoi riguardi sempre con poche parole ed in modo educato, sinceramente non mi ispirava molta simpatia, a Napoli lo avrebbero chiamato
"O' guappo".
Alex invece aveva quell'espressione come per dire: "guarda che so' leggerti dentro, grand'uomo", non aveva soggezione di Malcom, né di nessuno, una personalità prorompente davvero; comunque io, aiutavo i due ricercatori, Landis, aveva i due o tre capelli rimastigli in testa; dall'emozione, ritti come aghi, mentre Mac Dermott più compassato era più concentrato nel suo lavoro; comunque pensai sempre che Landis fosse un raccomandato.
Ci allontanammo molto dal campo, e credo che era inutile, poiché quello che cercavamo era anche vicino al campo e lo feci presente a Alex, infatti anche lui era perplesso: - Sai che ti dico? - esclamò Alex: questi qui, sono proprio due scemi esaltati, per non parlare poi di quella mummia di Malcon, lui dice di aver partecipato a cinquanta safari, per me ha partecipato a cinquanta caccia al tesoro, a quella battuta risi di cuore, tanto da lasciare sorpreso anche lui stesso.
Poi, tra una battuta ed un'altra, si fece buio, e ciò non ci voleva, tornare con quel buio non si poteva, e quindi dovevamo pernottare in un luogo sconosciuto, io passai la notte su un masso rialzato da terra, e non mi mossi, rannicchiato come una scimmia, Alex fece lo stesso, i portatori salirono su gli alberi, mentre Malcom e i due ricercatori dormirono abbracciati sotto un albero; proprio un bel quadretto.
Non accadde nulla per fortuna, tranne un particolare: udii più di una volta delle grida potentissime, ma non sembravano di animali, un verso strano, più che un verso sembrava un grido umano, ma non gli diedi molto peso, così appena si fece giorno tornammo al campo, ma questa volta però fummo assaliti da un serpente grandissimo, il grosso animale aveva assalito un portatore avvinghiandolo alle gambe e stava trascinandolo verso la palude, Malcom con il suo fucile esitava, prendeva la mira ma non sparava, ed il serpente stava per averla vinta, quando echeggiò uno sparo, il mio amico Alex con un colpo della sua pistola fece schizzare la testa al serpente disintegrandola, poi con sguardo severo riprese Malcom:

- Cosa aspettavi che se lo portava via? -
- Ma quello stupido portatore, si muoveva come una ballerina. -
- Vorrei vedere te, tra le spire di un serpente di duecento chili. -
  Evidentemente non correva buon sangue fra i due, io mi avvicinai ad Alex: - Sei stato bravissimo, non immaginavo che fossi così svelto e

preciso con la pistola. -

– Al, non ci speravo più di salvare quel poveraccio. -

Infatti il portatore vistosi in salvo, si prostrò ai piedi di Alex piangendo, mi fece tanta pena povero diavolo, Alex lo fece alzare, gli sorrise, gli diede leggere pacche sulle spalle rassicurandolo, l'uomo rinfrancato ricevette il conforto dei suoi amici, però cominciammo ad avere dei dubbi sulla affidabilità di Malcom, e più fiducia sulla pistola di Alex, che avvicinatomi sussurrò: - quello non vince neanche ai baracconi del circo, riferendosi al maldestro comportamento di Malcom, a quella battuta mi sganasciai dalle risate, ad Alex piacevo molto quando ridevo a quella maniera e disse: - Il mio caro amico italiano, sa ridere come nessuno...

fantastico. Io ripresomi un attimo risposi: - Siamo in buone mani eh? -

Al che anche Alex non riuscì a trattenere grandi risate, meno male che mettevamo l'allegria in quei momenti così carichi di tensione, il vero trascinatore era lui... Alex.

Finalmente rientrammo al campo, lord Higgins era contrariato, da quella defezione, se la prese con suo nipote, però quando gli raccontammo di come salvò il portatore, si calmò; ognuno tornammo al nostro lavoro, però volli parlare ad Alex di un particolare che mi era rimasto nella mente: - Alex, ma stanotte, laggiù, non hai udito qualcosa di strano? -

– Intendi per strano – mi rispose – qualche verso di animale! -
– Esatto; ma, per te era tutto normale? -
– Si, credo di si, però... fammi ricordare, e pensandoci bene, c'era un verso che non mi sembrava nella norma. -
– Hai detto giusto Alex, anche io l'ho sentito, sembrava un grido umano vero? -
– In effetti si, hai ragione Al, si confondeva con quella degli animali. -
– Allora non mi sbagliavo – risposi dubbioso, Alex replicò – sarà il grido di qualche indigeno. -
– Deve avere delle corde vocali fuori da ogni confronto, - risposi. -

Non ero il solo ad aver udito grida inquietanti.

La spedizione si muoveva ancora con una certa cautela, del resto i portatori non erano all'altezza per fare da guida anche se conoscevano quei luoghi.

Passarono due giorni di calma, erano tutti concordi, che si poteva fare ricerca anche nei pressi del campo, senza tentare coraggiose quanto inutili sortite e fu in quei due giorni che Landis cadde privo di sensi, fu soccorso, ma aveva la febbre molto alta, lord Higgins era molto preoccupato: - questo poveretto l'ho portato qui per farlo ammalare, cosa si può fare? -

Fu chiesto il parere un po' di tutti, ma Tiffany forse ebbe l'idea migliore: - rimandiamolo a casa; e... poi perché non abbiamo portato anche un medico? -

Anche Higgins replicò stupito: - è vero abbiamo pensato a tutto, meno che a

portare un medico. -
Poi si rivolse a Landis: - vuoi tornare a casa? -

- No, lord, non mandatemi via – ma Alex intervenne deciso:
- Landis, molto probabilmente hai contratto una di quelle febbri che si prendono da queste parti, quindi io ti consiglierei di tornare a casa, sei sulla strada buona per rimetterci la pelle. -

Landis si convinse, stava male cominciava a delirare fu così deciso di farlo partire, accompagnato da tre portatori, Heat il cacciatore si avvicinò ad uno dei portatori e gli bisbigliò alcune parole, questi si inginocchiò piagnucolando, rimanemmo tutti esterrefatti, poi chiedemmo cosa aveva potuto dirgli a quel poveraccio.

- Poveraccio?! - rispose Heat – quel poveraccio come lo chiamate voi, sarebbe capace di abbandonare Landis nella foresta e darsela a gambe, ma io lo ho avvertito che non lo faccia, poiché conosco lo stregone della montagna e quello non scherza con le maledizioni, può arrivare fino alla quinta generazione.

Così Landis abbandonava; sarebbe stato curato al porto prima della partenza e con lui se ne andavano tre preziosi portatori.
Higgins mi chiamò e mi chiese se me la sentivo di costruirgli una specie di secchio, un bacile insomma, io accettai di buon grado questo compito, non volevo venire meno alla fama di italiano ingegnoso e cominciai a cercare il materiale per realizzare il bacile, trovai delle coste di foglie molto ampie e molto flessibili, ne feci dei cerchi uguali e li sovrapposi, poi li fissai fra di loro con liane finissime come fosse stato spago, poi dovevo renderla ermetica, e ci riuscii con l'aiuto di una pianta che aveva le foglie gommose e molto malleabili le strappavo, ne facevo una specie di stucco e lo spingevo nelle fessure dei cerchi sovrapposti e rimanevano incollati, quando le feci vedere a Higgins, rimase meravigliato.
Le altre mie idee geniali, furono subito distratte da un avvertimento nuovo, infatti, mentre eravamo intorno al fuoco a mangiare, si sentì il fruscio e lo spezzarsi dei rami, ci voltammo allarmati e vedemmo venire verso di noi cinque indigeni, ma il timore si trasformò in curiosità, sembravano gli stessi che erano venuti al campo quel giorno, non avevano intenzioni ostili, anzi sembravano come se fossero in fuga, allo sbando, non avevano più armi, dovevano avere avuto uno scontro con una tribù rivale, almeno questa era l'impressione.
Essi si avvicinarono, ed alcuni portatori si fecero loro incontro, forse essi avevano già intuito cosa fosse accaduto, li accompagnarono fin sotto la tettoia; Higgins chiese ai portatori di tradurre cosa volevano, e fu una rivelazione enigmatica, infatti essi sostenevano di essere stati assaliti dai gorilla di montagna, comandati dal gorilla bianco, e quelli che mancavano sarebbero stati assaliti ed uccisi mentre tornavano al loro villaggio.
A quella rivelazione Higgins mi guardò a lungo, infatti i nostri sospetti erano

giusti, quelle striature rosse era sangue, il sangue degli indigeni uccisi.
Alex disse, come risentito: - Ma non si è mai sentito che un gruppo di gorilla abbia assalito l'uomo, e poi? Cosa significa il gorilla bianco? -

- Higgins rispose convinto: - si tratterà di un esemplare albino a cui tutti obbediscono, a volte può accadere che in un branco di animali ci sia quello fomentatore e così tutti lo seguono. Ma io non ero convinto, quelle grida notturne avevano fatto nascere nelle mie convinzioni altri sospetti, ma li tenni per me, non mi andava di fare il sensazionalista, il fenomeno che viene dal popolino, o di prevaricare gente come Higgins e Alex, degni del più grande rispetto, magari emettono ipotesi o verdetti, non mi piaceva mettermi al centro dell'attenzione.

Così i cinque reduci furono integrati nella nostra spedizione e sarebbero state delle guide formidabili.
Così Higgins sicuro di avere alle sue dipendenze i cinque indigeni decise di spostare il campo più nell'interno della foresta, cominciammo a prepararci per la partenza, saremmo finiti in luoghi molto più desolati e selvaggi.
Ci mettemmo in marcia il mattino seguente, avevamo cinque uomini in più ed uno in meno, naturalmente mi riferivo a Landis, del quale non seppi più nulla, sicuramente era rientrato in Inghilterra, e chissà se aveva salvato la pelle.
La decisione di spostare il campo all'interno della foresta non la condivisi, naturalmente me lo tenni per me, il mio parere non contava nulla, anche con tutto il rispetto di cui ero oggetto, secondo me fu una mossa sbagliata, perché quello che cercavamo era anche lì, era un posto apparentemente tranquillo, e sicuro, permetteva di avere un'ampia visuale dell'ambiente circostante, mentre nelle zone più interne c'era più pericolo e lo dimostrava l'incontro con il serpente ucciso da Alex.
Procedemmo per due giorni di durissimo cammino i luoghi si facevano sempre più impervi ed insicuri, finalmente ci fermammo in una piccola radura, i portatori e gli indigeni si misero al lavoro per creare spazio nudo, io mi misi seduto su uno zaino, Alex mi si avvicinò, si mise seduto, mi guardò sorridendo:

- Al, sono due giorni che non dici nulla, cosa c'è che non va? -
- Alex, il mio parere non conta nulla, ma per me questa è stata una mossa sbagliata, rimanga fra noi quello che dico. -
- Tranquillo, ma se mio zio ha deciso così è meglio non contraddirlo, a lui piace l'avventura, gli piace affrontare l'ignoto, le sfide lo esaltano. -

Quelle di Alex, erano belle parole piene di enfasi, ma avremmo pagato a caro prezzo le escursioni entusiastiche di Higgins che non si era reso conto di aver lanciato la sfida alle leggi spietate della foresta, misteriosa e sconosciuta.
La sera preparammo i nostri giacigli, ma nessuno si sentiva al sicuro, dopo aver visto fuggire da sotto le foglie, ragni grossi come gatti, ed una grande presenza di immondi serpenti, e per dormire dovemmo improvvisare delle amache molto

rudimentali, che certamente non avrebbero fermato certi tipi di animali, ma almeno un minimo di sicurezza c'era,i fuochi sempre accesi e le urla degli animali e poi quel grido umanoide non cessò per tutta la notte, neanche quello.
Al mattino, il risveglio fu per tutti noi tremendo, infatti uno degli indigeni che era rimasto a dormire sul terreno, oppure forse era caduto senza svegliarsi, era interamente coperto da grossi ragni neri, che lo avevano completamente disidratato, lasciando solo la pelle, uno spettacolo terrificante, Tiffany svenne dal raccapriccio, mentre gli altri indigeni con picconi, vanghe e pale, uccisero i ragni, poi preso il povero corpo martoriato del loro compagno, lo avvolsero con grosse foglie e lo seppellirono.
Eravamo tutti amareggiati e scoraggiati e l'unico motivo che ci dava la speranza era che anche quegli insetti schifosi potevano essere uccisi, come infatti avevano fatto gli indigeni.
Higgins si riunì con Alex e gli altri, tranne me e Farady, discussero alcune ore, chissà cosa si dicevano, a volte i dialoghi erano sommessi, a volte il tono si faceva più vibrante ma tanto non capivo niente.
Seduto su un bagaglio guardavo i pendii dei monti completamente coperti di foreste, era uno spettacolo incredibilmente bello, ma era un luogo selvaggio, e colmo di pericoli, ero intento a guardare una parete che si innalzava quasi in verticale, da cui scendeva una cascata di acqua scintillante, uno spettacolo meraviglioso e per un attimo mi dimenticai dei pericoli nascosti là dentro, un'espressione straordinaria della bellezza della natura, poi fui riportato alla realtà da alcuni grossi rami che proprio vicini alla cascata si muovevano vistosamente come se qualcuno li avesse scossi con grande energia poi tutto tornò nella calma.
Là c'era qualcuno, ma doveva essere molto grosso e forzuto, comunque decisi di non dire nulla, tanto il mio parere sembrava non interessare nessuno, con tutto il mio risentimento tutto italiano, ma dopo qualche tempo mi sarei ricreduto.
Finalmente la riunione finì, i componenti si sparpagliarono ognuno alle sue cose, poi Alex si diresse verso di me, aveva un'espressione non proprio felice, si avvicinò, si mise seduto, mi toccò la spalla e mi disse:

– Tanto non avresti capito nulla – riferendosi al fatto che non ero stato invitato, io lo guardai poi cominciai a ridere, era una bella battuta.

Alex aveva gli occhi lucidi poi disse: - sei straordinario – poi io risposi ridendo: - avrei capito fischi per fiaschi – a quel punto fu lui che non riuscì a trattenere le risate, tutti ci guardavano divertiti, Alex mi diede due pacche sulle spalle, eravamo veramente forti, poi Alex tornò serio: - Al,
mio zio voleva quasi rinunciare alla spedizione, poi i due tecnici e le due "matricole" si sono opposti energicamente, ai due cacciatori di mosche non interessa nulla, poi mio zio si è convinto ed a deciso di continuare, chissà cosa accadrà? -

- Coraggio, Alex, tuo zio è uno tosto, e se ha deciso di rimanere vuol dire che sa quello che fa – Alex, mi guardò, mi sorrise, poi mi strinse la mano:
- Sei un vero amico Al, grazie. -

Detto ciò si allontanò e si appartò con suo zio, forse voleva dire la sua a quattr'occhi. -
La situazione cominciava a delinearsi, Landis era stato spedito a casa, un indigeno era stato orrendamente divorato dai ragni, ed avevamo con noi un manipolo di indigeni sbandati, che non sapevamo da dove venissero, ne come erano capitati nel nostro campo, proprio un buon inizio, ma eravamo appunto solo all'inizio.
Io decisi di rivelare ad Alex ciò che avevo visto; lo chiamai, indicandogli il posto: - Doveva trattarsi di qualcuno molto forte – Esclamò fissando lassù, ed io gli confermai che avevo avuto la stessa idea.
Così decidemmo di tenere sotto controllo tutta la zona che ci circondava e quindi pendii coperti di foreste; approntammo un cannocchiale munito di un treppiedi, ma a parte qualche gorilla, che era pur sempre interessante, non vedemmo nulla e forse i nostri guai cominciarono proprio dal momento in cui posizionammo il cannocchiale e forse ed a distanza di tanti anni credo sia stato proprio il cannocchiale con i suoi riflessi ad attirare l'attenzione dei mostri più reconditi delle sconfinate foreste, almeno credo, comunque non facemmo nulla per passare inosservati, tra grida, fuochi e spari.
Passarono tre giorni relativamente tranquilli, uccidemmo una decina di serpenti, alcune scimmie molto aggressive e qualche grosso immondo insetto e quella sembrava una situazione controllabile, ma restava il fatto che avevamo abbandonato un luogo sicuro per avventurarci in un luogo insidiosissimo dai pericoli mortali.
Ed il primo segnale di cosa ci stava cadendo addosso, fu la sparizione del cannocchiale infatti io, infatti appena svegliatomi mi recai alla postazione ma non c'era più, andai da Alex per chiedergli se lo avesse preso lui, ma lui non lo aveva neanche sfiorato, facemmo una ricerca in tutto campo, ma del cannocchiale nessuna traccia, poi tornammo là dove lo avevamo posizionato, e guardammo verso l'esterno del campo, vedemmo il treppiedi che spuntava dalla vegetazione capovolto, si vedeva chiaro il passaggio creato tra la vegetazione di chi era passato e doveva trattarsi di qualcuno veramente grosso e che non aveva avuto neanche la necessità di nasconderlo.
Avanzammo qualche metro per recuperare il treppiedi ma ormai inservibile; spaccato in due ora era buono solo per il fuoco ed infatti lo recuperammo solo per quello.
Io e Alex formulavamo varie ipotesi, su chi poteva essere stato il ladro; forse un indigeno, forse un gorilla od uno scimpanzé, od una scimmia dispettosa, comunque doveva essere pesante per fare quello che aveva fatto alla vegetazione al suo passaggio, e tutto ciò, io lo collegavo a quelle grida

umanoidi che udivamo la notte ed avvalorare la tesi, le tracce lasciate così vistosamente, sembravano l'opera di un essere intelligente e razionale.
Poi ci occupammo di altre cose, e studiosi ed i tecnici già pensavano ad un'altra spedizione, con il bene placido di lord Higgins, così il mattino seguente partimmo, oltre al sottoscritto, c'erano Alex, Mec Dermott, i due tecnici, i due cacciatori ed alcuni indigeni.
Ci muovemmo nel sentiero che tracciavamo al nostro passaggio, ci inoltravamo nella vegetazione in un punto in cui iniziava la salita ai piedi dei monti, passammo una specie di rigagnolo di acqua pura ed era la testimonianza di un corso d'acqua più grande, lo passammo e ci fermammo sotto l'ombra di alcuni rami che uniti fra di loro sembravano formare un arco, un bizzarro gioco della natura, ma quando facemmo alcuni passi, si presentò alla nostra vista uno spettacolo raccapricciante, sopra quell'arco che non doveva essere un gioco della natura c'era un grappolo di teste di indigeni legate proprio a formare un grappolo d'uva, solo che gli acini erano quel lugubre mosaico, legate fra di loro e tutte appese ad una liana lunghissima che si andava perdendo sui rami altissimi che a stento se ne vedeva la fine; ci guardammo sbigottiti, impauriti, scoraggiati, e soprattutto inorriditi: facemmo istintivamente alcuni passi indietro, non avevo mai visto nulla di così orrendo e selvaggio, i sogni di ragazzo si infransero a quella vista, altro che il trionfo della natura ed il misterioso ed intrigante colore delle favole, la realtà era questa.
Ci chiedemmo allarmati chi poteva aver compiuto ed assemblato quell'insieme disumano, ma poi era opera di un disumano?
I gorilla non potevano esserne gli autori, forse una tribù rivale, ma non avevamo incontrato anima viva, tranne quei poveri disgraziati le cui teste dondolavano lassù, alcune con gli occhi chiusi ed alcune con gli occhi aperti in cui si poteva leggere ancora il terrore: chi poteva essere stato? Un vero mistero.
Non ce la facevamo a continuare, dovevamo tornare per mettere lord Higgins al corrente di quella raccapricciante scoperta, appena arrivati al campo, lo riferimmo con disgustata precisione e subito egli volle partire per rendersi conto dell'accaduto, così ripartimmo e con noi vennero anche gli indigeni, arrivammo, di nuovo lì, lord Higgins impassibile alla vista del lugubre grappolo disse: - Dite agli indigeni di staccare da lì, quelle teste e di seppellirle. -
Così fu fatto e tornammo al campo; quello che mi colpì fu il comportamento di lord Higgins, non fece trasparire nessun segno di sorpresa o raccapriccio era un vero capo, una vera personalità, io ne rimasi molto ammirato.
Quella notte non dormii, non chiusi occhio, ero talmente scosso tanto più che gli indigeni mi avevano detto che gli animali erano la reincarnazione dei morti, non ero superstizioso al punto di crederci ma in quel momento ero talmente suggestionato da crederci, i miei pensieri tornavano a quelle grida nella notte, ed alla scimmia bianca che era a capo dei gorilla, sentivo che il mistero era quello.

Dopo quella scoperta eravamo tutti mesti e suggestionati, ma lord Higgins era deciso ad andare avanti, tanto che organizzò un'altra spedizione.
Scendemmo lungo un sentiero non privo di pericoli anch'esso, ci fermammo lungo un piccolo fiume che scendeva leggermente impetuoso, ma data la velocità dell'acqua e che scendeva dai monti, non c'erano pericoli, infatti gli indigeni si gettarono dentro al fiume era un'occasione per rinfrescarsi o addirittura lavarsi, l'acqua scendendo in modo tortuoso praticava anche un lieve idromassaggio, così incoraggiati da costoro ci gettammo in acqua, perfino lord Higgins si lasciò andare.
Io mi ero spogliato ed ero rimasto con le mutande a calzoncino, prima si usavano così, ma nell'acqua si erano attorcigliate fino all'inguine da farle sembrare un perizoma, mi ero tuffato in quell'acqua purissima e fresca, mi ero poi rialzato e mi stavo premendo i capelli per farli scolare, quando gli indigeni raggruppati insieme come volersi proteggere mi indicavano con l'indice gridando: - acacià, acacià! - io rimasi sorpreso da quell'atteggiamento, mi guardai intorno, gli sguardi erano tutti puntati su di me in silenzio, mentre gli indigeni mimavano qualcosa che aveva a che fare con me, non riuscivo a capire, mi girai ancora intorno a me, forse qualche animale pericoloso mi stava aggredendo, ma non ero in pericolo e gli indigeni mi indicavano ancora con insistenza, poi uno dei portatori si avvicinò a loro a chiedere del loro comportamento e la risposta fu sorprendente, il portatore si rivolse a Malcom che conosceva la loro lingua, lo ascoltò poi alzò la testa e mi fissò, io non sapevo cosa avessi fatto male, poi Malcom parlò con lord Higgins ed Alex, il quale al quanto sorpreso si avvicinò a me e mi disse con un filo di voce:

- Credono che tu sia il fratello di acacià, cioè l'uomo scimmia, o meglio la scimmia bianca. -

In quel momento i miei sospetti ebbero una risposta, i miei dubbi erano sciolti, ecco di chi erano quelle grida notturne e l'autore della strage degli indigeni ma stranamente né Higgins, né nessun altro, diede peso a quelle parole, solo Alex mi disse: - con tutti quei muscoli credo che i nostri amici abbiano ragione, metti paura davvero.

- Lo credo, sono anni che faccio lo scaricatore e credo che con questo lavoro i muscoli ti vengono e ti rimangono; ma tu non ci vedi nulla di strano nel comportamento degli indigeni. -
- Ma no! - rispose Alex sorridendo – ti avranno scambiato per qualcuno che gli ha rubato un paio di galline qualche giorno fa e niente di più. -
- Io non insistetti, ma questo qualcuno doveva somigliarmi, essi parlavano di scimmia bianca, ed era strano che nessuno avesse avuto dei sospetti, ero deciso a tenere gli occhi bene aperti, la mia fantasia tutta italiana era con me.

Tornammo al campo dove avevamo lasciato Tiffany, il ricercatore, Farady ed i portatori, il cuoco si fece incontro a noi con aria preoccupata:

- lord, lord, avevo preparato il pranzo, ma come mi sono distratto un attimo, frotte di scimpanzé hanno rubato tutto. -

Per quanto potesse sembrare una cosa normale subire un furto da alcune scimmie tuttavia non lo era, da come infatti ci narrò Tiffany, molto più attenta ed intelligente del nostro cuoco ed asserì con certezza:

- Farady, aveva preparato il pranzo, un profumo delizioso aleggiava nell'aria, tanto che volli fare un assaggio, era veramente squisito, poi Farady mise la pila vicina ad un cespuglio, ma lo faceva sempre, poi il frastuono della foresta si placò all'improvviso, non si sentiva volare mosca,...bhe! Forse qualche mosca si sentiva, comunque eravamo sorpresi da ciò, poi sentimmo lo stridìo, degli scimpanze, una trentina di loro uscirono dai cespugli si impadronirono del pranzo e scomparvero in men che non si dica, poi si sentì un grido fortissimo e tutto ricominciò come prima, ci guardammo esterrefatti non ci eravamo ancora ripresi dalla sorpresa.

C'era chi vi leggeva un qualcosa di misterioso; ad esempio io, mentre gli altri lo credevano solo un dispetto di scimmie inopportune.

Possibile che Higgins, Alex, i due cacciatori si sentissero così sicuri, a me queste situazioni non piacevano affatto, troppe coincidenze evidenti a cui nessuno dava peso, c'era qualcuno che non era sincero e forse sapeva ma non voleva chiarire le cose.

Passammo un'altra notte di veglia fra le grida sempre più assordanti degli animali, poi quella notte piovve come non mai fortunatamente gli indigeni ci avevano procurato delle foglie grandissime che mettemmo come rinforzo sulle tende quindi non ci bagnammo affatto.

Mi risvegliai trasformato appena in tempo per cacciarmi di dosso un grosso scorpione che evidentemente era frastornato anch'esso e non era pronto alla lotta, cercai di schiacciarlo ma fuggì in un baleno, me l'ero vista brutta, mi alzai alla svelta, mi guardai intorno, non c'erano altri insetti che volevano passeggiare sulla mia pancia, uscii dalla tenda, ma non c'era quasi nessuno, Alex, Higgins e Tiffany con i cacciatori erano usciti per un'escursione, stranamente non mi avevano avvisato, cosa poteva essere accaduto? Lo chiesi a Farady ma non mi capiva, cercai di mimare quello che volevo sapere ma fu tutto inutile Farady era proprio un somaro; così tanto per ammazzare il tempo mi misi a costruire una grossa amaca, non potevo farmi passeggiare a loro piacimento scorpioni, ragni e compagni. Lavorai tutto il giorno, ero un po' deluso ma in fin dei conti cosa poteva importarmi, lord Higgins mi pareva assunto al servizio con tanto di mesata e poi mi aveva promesso un premio finale che probabilmente mi avrebbe permesso di finire gli studi, quindi decisi di mettere da parte i miei risentimenti in fin dei conti fino ad ora si erano comportati bene, con me quindi era meglio evitare crisi inutili.

Mentre ero intento ai miei pensieri, alzai gli occhi verso le cime degli alberi, chissà perchè poi, fu un gesto istintivo, forse mi ero sentito osservato, sui rami vidi la certezza dei miei dubbi, ma fu un attimo, bastò un battito d'occhio e lassù non c'era più nessuno , mi guardai intorno se qualcuno avesse visto, ma sia Farady, che Mec Dermott, Wayne e Roland o qualche portatore erano occupati a far passare il loro tempo, fissai ancora quel ramo, ma ora non c'era più nessuno.
Si fece silenzio, gli animali si zittirono, queste fece alzare la testa anche a loro, poi d'improvviso si sentì un urlo talmente forte che l'eco si perse cento volte nelle selve, poi il frastuono degli animali riprese assordante come sempre.
Cosa, o chi poteva aver emanato quell'urlo, così potente, quando Higgins e gli altri tornarono, io mi feci loro incontro, per narrare ciò che era accaduto ed anche loro mi confermarono di aver udito quell'urlo potentissimo, stranamente non dissero altro non riuscivo a capire tale atteggiamento: era paura o cos'altro?
Io rimasi neutrale, ora si respirava un'atmosfera di sospetto, Higgins, Alex e Tiffany, sembravano voler creare un vuoto fra loro,e tutti noi altri, ed ognuno faceva gruppo a se, i due cacciatori si erano appartati e parlavano fra loro, Wayne, Roland bisbigliavano frasi quasi voler nascondersi agli altri, mentre io e Farady non avevamo di cosa parlare; primo: perché non ci saremmo capiti; secondo: noi avevamo sentito benissimo quel grido straordinario.
Io non volevo prendere iniziative, e gironzolavo senza una meta apparente, e non volendo riuscii a captare alcune parole proferite da Malcom a Heat: - remember monkey, crazy withe – sentii anche queste parole: - the boer cildren – comunque riuscii a capire il senso del discorso e si parlava di un bambino boero, del Sud Africa, rapito dai babbuini e poi a loro volta rapito dai gorilla di montagna, una ipotesi straordinaria, quindi sapevano di: "acacià", ma ancora non riuscivo a mettere insieme al posto giusto le tessere di questo mosaico.
Io non volevo creare in nessuno il sospetto di uno stato d'animo in crisi e a disagio, quindi assunsi un atteggiamento cordiale ed apparentemente tranquillo avevo solo da guadagnare facendo così, comunque una cosa era sicura, c'era qualche cosa che non andava.
Dopo una mezzora venne Alex, anche lui aveva un'espressione impacciata, io lo guardai serio, poi accennai un sorriso e gli dissi:

- Questa notte hai dormito con il sedere scoperto?- volevo intendere che sembrava imbronciato.

Alex che conosceva molto bene la mia lingua, capì il lato comico della frase e si mise a ridere, poi rispose: - e tu? -

- Anch'io, ma non mi ha fatto effetto. - poi cominciammo a ridere.

Alex, andò da suo zio ridendo, mentre io avevo ricomposto una situazione che si era incrinata, ma non per causa mia.
Io, non dissi nulla di ciò che avevo visto, che se lo fossero scoperto da soli l'uomo scimmia, e poi credo che ero l'unico a non conoscerlo, a non sapere

della sua esistenza.
Ma anche loro si facevano depositari di un segreto di cui non conoscevano se non per sentito parlare, mentre io “l'avevo visto”.
Poi seppi che nella loro missione non avevano scoperto nulla, erano tornati delusi, ma cosa cercavano? Non lo seppi mai, ma forse non lo sapevano neanche loro.
Nel pomeriggio cominciò a piovere, e piovve tutta la notte, per fortuna che eravamo riusciti a montare le tende di tela incerata, era la prima volta che ne facevamo uso e devo dire che erano molto comode e spaziose e molto resistenti allo strappo ed al taglio, riuscimmo anche a dormire anche se il frastuono della tempesta non cessò un attimo.
Il risveglio fu un incubo, Wayne venne gridando come un pazzo, ci alzammo tutti e lo seguimmo e si presentò uno spettacolo terribile, infatti i cinque indigeni giacevano quasi uno sopra l'altro sgozzati e sbranati, fu una visione che ci atterrì.
Questo avvertimento fece saltare i nervi a tutti noi, lo scoraggiamento si impadronì di Higgins, fino ad allora forte e deciso.
Higgins riunì tutti e ci parlò: - Mi dispiace ma dovremmo rinunciare alla nostra spedizione, non me la sento di assistere ancora a queste atroci carneficine che poi non si sa chi possa essere l'autore.
Higgins non parlò per alcuni istanti ma si insinuò in tutti noi il sospetto che fosse stato qualcuno della spedizione l'autore di queste disumane uccisioni.
Nessuno si oppose alla decisione di Higgins, erano tutti d'accordo, non era prudente rimanere ancora là dentro, così mesti preparammo tutte le nostre cose, eravamo tristi, all'inizio credevamo di fare una passeggiata, pur fra mille pericoli, mentre ora ce ne dovevamo andare, cacciati da chissà chi, mentre invece quel “chissà chi” aveva per me un volto.
Ed era questo che mi faceva pensare, nessuno muoveva sospetti, ce ne andavamo senza chiederci il perché.
I preparativi duravano tutto il giorno, poi nel pomeriggio ci muovemmo, tornavamo indietro, lord Higgins aveva fallito, ma qualcosa superiore ad ogni logica lo aveva sconfitto, me ne dispiaceva ma solo al pensiero di uscire fuori di li, mi dava un senso di sollievo e di speranza, ma le mie ottimistiche previsioni sarebbero state duramente smentite.
Avevamo scelto il momento peggiore per muoverci, partire di pomeriggio era stato un grosso errore, infatti le tenebre ci sorpresero in un punto fittissimo della vegetazione, poi per fortuna in una discesa, trovammo uno spiazzo nudo e facemmo lì il campo, ma dormimmo con un occhio chiuso e uno aperto, il mattino seguente dopo aver consumato la colazione ci mettemmo in marcia; eravamo in cammino da circa due ore, quando udimmo un grido disperato, corremmo avanti; un portatore era caduto in una trappola, scavata a terra, il poveretto in men che non si dica fu assalito da grossi immondi insetti messi là

sotto di proposito e questo era chiaro, il poveretto si dibatteva convulsamente, gli fu tirata una corda, ma non fece in tempo che ad uscire, poiché dopo alcuni secondi, da quando lo avevamo adagiato a terra disteso, spirò ucciso dal veleno degli insetti, comunque io credo che si trattò di una crisi anafilattica, il suo corpo straziato dai morsi di quegli insetti, i suoi amici e noi stessi ci adoperammo per sterminarli, fu per il poveretto una terribile morte, ma chi poteva essere stato l'autore di tanta spietatezza.
Avendo io la certezza di chi fosse l'autore, fui colto da rabbia incontenibile, giravo lo sguardo in tutte le direzioni nella speranza di scorgere l'assassino, ma ero più sicuro di essere l'osservato che non l'osservatore.
Eravamo allo stremo dello scoraggiamento, ma io ripresomi dissi deciso ad Alex: - Coraggio vendiamo cara la pelle, non siamo ancora sconfitti.-

- Bravo Al, le tue parole sono di vero conforto; certo venderemo cara la pelle.

Il mio intervento fu molto azzeccato, a qualcuno di noi riappari timidamente il sorriso.
Una cosa era certa: qualcosa o qualcuno voleva impedirci di tornare a casa e lo stava facendo con lucida determinazione.
Seppellimmo il poveretto, poi riprendemmo il cammino, ma molto probabilmente sbagliammo strada, ed invece di dirigerci verso la costa, ci inoltrammo sempre di più all'interno, un errore fatale ed imperdonabile.
Infatti la vegetazione, invece di divenire più rada, al contrario, diveniva più fitta ed alta, quando ce ne rendemmo conto avevamo marciato tutto il giorno, uno svantaggio incolmabile.
Ci fermammo perché Tiffany non si sentiva bene, la povera donna aveva resistito fino ad ora, ma alla fine era crollata e ne aveva tutto il diritto, così le fu approntata una tenda e messa a riposo.
Noi intanto cercavamo di rimettere insieme una strategia per cercare di uscire da quell'inferno, così i due cacciatori, lo studioso e Wayne, compreso Alex e naturalmente Higgins si munivano per andare in avanscoperta.
Io, Tiffany, Roland e Farady restammo al campo; prima di andare Alex mi si avvicinò e mi disse:

- Al, ti lascio con loro per proteggerli, fa che non gli accada nulla. -
- Tranquillo Alex, ci sarò! - Alex, mi fisso sorridendo, aveva posto in me tutta la sua fiducia.

La spedizione scomparve subito tra la fitta ed intricata lussureggiante vegetazione che splendeva lucente alla chiarissima luce dei raggi caldissimi.
Ero il responsabile del campo, ma i miei pensieri erano per loro, come sarebbero potuti tornare indietro se avevano sbagliato anche la direzione per uscire dalla foresta, che era una intuizione non proibitiva per chi aveva un po' di esperienza di quei luoghi.
Era circa un'ora da quando erano partiti, io ero a disposizione di Tiffany, ed

anche se non riusciva a capirmi, io invece riuscivo a capire le sue necessità, le porgevo l'acqua fresca, le preparai qualcosa da mangiare, mi occupai anche di Ronald, aveva una caviglia gonfia, poi andai da Farady e gli dissi: - caffè inglese non buono, caffè Napoli buono, io fare caffè -
Infatti mia madre in un attimo di zelo estremo, aveva messo nei miei bagagli una macchinetta per il caffè alla napoletana e con quella preparai e misi sul fuoco, un profumo incredibile si diffuse nel campo, io ero lì, pronto a versarlo nei bicchieri, mentre Farady, Roland e Tiffany, si erano avvicinati piano, piano e seguivano i miei movimenti con attenzione, io sorrisi guardai divertito le loro espressioni, misi lo zucchero nei bicchieri e li porsi loro, i tre presero tra le loro mani i bicchieri con una tale delicatezza, sembravano avere in mano una reliquia, io li esortai a bere; sorbirono alcuni sorsi, poi esclamarono: - coofe, good. good, italian coofe, napilitaner coofe – poi ne vollero ancora, fu un successo straordinario, io mi chiedevo: ma come facevano a vivere senza il caffè all'italiana.
Erano circa le tredici, eravamo ancora sotto l'effetto euforico del mio caffè, quando sentimmo un urlo incredibile guardammo in alto ma non vedemmo nessuno, dopo qualche attimo decine di scimpanzè sbucarono dalla vegetazione ed invasero il campo con le loro grida stridule, qualcuna di esse tentò anche di morderci, gli altri si nascosero tra i bagagli e le tende, io preso un grosso bastone cominciai a rotearlo, non volevo farmi mordere da quelle stupide scimmie, molte di esse fuggirono colpite e fu per il mio coraggio se non distrussero il campo, più si facevano sotto e più divenivo furioso,temevo che il bastone si fosse rotto ma per loro sfortuna non si ruppe, poi si udì ancora l'urlo agghiacciante e le scimmie scomparvero in un batter d'occhio tanto che non vidi da che parte erano fuggite e devo dire che usai quell'arma con molta riluttanza perché ho sempre rispettato gli animali, ma evidentemente qualcuno le aveva addestrate solo per far del male, e se io non fossi intervenuto con determinazione forse esse ci avrebbero potuto anche uccidere, cosa che forse era nelle intenzioni di chi le aveva mandate contro di noi.
Sudato e pieno di furore, guardai in alto, ma non vidi nessuno sentii una voce afona che grugniva in modo feroce, ma che animale poteva essere?
Poi gli altri uscirono timidamente dai loro nascondigli ma non li criticai, erano magri e senza un muscolo e in più Tiffany era una donna.
Mi strinsero la mano, mi ringraziarono, ne fui felice, avevo mantenuto la parola data ad Alex, ero soddisfatto di me stesso.
Però quello che era accaduto era incredibile, non per il fatto che ci avessero assalito delle scimmie, ma per il fatto evidente che erano manovrate o comandate da qualcuno e l'attacco aveva un chiaro piano intelligente.
Rimettemmo le cose a posto ed in ordine, poi vidi la mia caffettiera gettata a terra ed un po' ammaccata, digrignai i denti dalla rabbia, meglio per loro se erano fuggite, toccare la caffettiera ad un napoletano; non c'era offesa più grave,

per fortuna non era bucata, la rimisi in efficienza.
Poi di nuovo sentimmo quell'urlo agghiacciante, alzammo gli occhi ma non vedemmo nessuno, eravamo scossi dall'avvenimento.
Nel primo pomeriggio rientrarono dall'escursione erano stanchi e trafelati, Alex mi chiese notizie dei fatti del giorno e quelli che erano rimasti al campo lo circondarono per narrargli ciò che era accaduto ed Alex mi guardò compiaciuto, mentre loro non avevano nulla da raccontare.
La serata passò in modo tranquillo, consumammo una buona cena poi ci coricammo per la notte.
Il risveglio fu terrificante, il campo era invaso da serpenti, fu Alex a dare l'allarme: - Non uscite dalle vostre tende – gridò: - non muovetevi, non aprite e state fermi. -

- Cosa accade Alex – gridai, e lui: - abbiamo il campo invaso da serpenti, accidenti a loro brutti schifosi animali. -

Non potevamo fare una mossa, io mi alzai ed aprii un piccolo spiraglio e subito lo richiusi inorridito, non era proprio possibile uscire, ci chiamavamo ad alta voce, Higgins ed Alex stavano nella stessa tenda, Tiffany ne occupava una da sola, naturalmente era terrorizzata, ne più ne meno come noi, ma Alex le raccomandò di non muoversi, e controllare eventuali spiragli, così facemmo anche noi, era difficile mantenere la calma, ma dovevamo farci coraggio era l'unica speranza di salvezza.
Ci facevamo coraggio parlando ad alta voce, ma poi decidemmo di rimanere in silenzio, forse i serpenti non sentendo rumori se ne sarebbero andati via prima.
Ogni tanto guardavo fuori da uno spiraglio e il numero dei serpenti sembrava diminuire, io ero nella tenda con Mec Dermott e Wayne; il primo aveva i nervi a fior di pelle, e stava perdendo la calma, Wayne cercava di calmarlo e ci riusciva a stento, io temevo che con qualche mossa inconsulta avesse messo la tenda a soqquadro, l'unico ed esile rifugio sicuro; erano le tredici ed il campo sembrava quasi sgombro da quegli immondi animali.
Fu una giornata bruttissima; così verso le sedici uscimmo allo scoperto, i serpenti se ne erano andati tutti, ma avevano lasciato un puzzo insopportabile, alcuni vomitarono, decidemmo di spostare il campo, su una piccola radura che sembrava più sicura, non si poteva rimanere in quel luogo.
Appena si fece buio, accesi dei fuochi, decidemmo di fare dei turni di guardia; io volli fare il primo.
Preso un fucile mi misi seduto vicino al fuoco, lì ero sicuro che non mi sarebbe accaduto nulla, gli altri si coricarono, io vigile, mi guardavo alle spalle, di paura ne avevo, non si poteva fare di meglio,le tenebre oscuravano tutto, solo il fuoco rischiarava un raggio di circa quattro metri; oltre solo il buio.
Erano passate alcune ore, ed i colpi di sonno si facevano frequenti, io resistevo, non potevo crollare, e mentre rialzavo la testa per l'ennesimo colpo di sonno, sentii su di me qualcosa che mi sorvolò, tanto da far muovere le fiamme che

scaturivano vicino ai miei piedi, lo seguii con lo sguardo, ma non vidi nulla cercai di concentrarmi, poi fui di nuovo sorvolato da qualcosa e da qualcuno, sentii solo una specie di grugnito che sembrava quasi un ruggito, poi nulla più e mi ero reso conto che nella foresta si era fatto silenzio.
Verso le quattro venne a darmi il cambio Heat, gli consegnai il fucile e guardando in alto forse per cercare qualcosa che avesse giustificato l'evento di alcune ore prima, mi introdussi nella mia tenda e non ci misi molto ad addormentarmi profondamente pur sempre nel timore.
Mi risvegliai verso le otto; Farady cercava di fare il caffè come lo facevo io, ma con risultato poco lusinghiero, io allora presa la caffettiera preparai un caffè così gradevole che fui costretto a rimanere tutta la mattinata a fare caffè per tutti.
Alex, raccomandò a tutti, eccetto ai cacciatori che erano esperti, di non allontanarsi dal campo, ma non era una questione di confini, ci trovavamo nel regno degli animali e non potevamo esistere, di fatti di lì a poco Roland fu assalito da un leopardo, fortunatamente fra grida e spari la belva fuggi spaventata.
Roland ebbe una reazione inaspettata, cominciò ad inveire contro un ipotetico nemico, poi gridando si gettò tra i rami fitti della boscaglia, sembrava impazzito, io di istinto mi gettai per inseguirlo, ma egli continuò a correre come un pazzo, io sentii dietro di me le grida degli altri e sentii un lontano: - Al, lascialo andare. - ma ormai avevo preso la scia di quello sconsiderato; non riuscivo a raggiungerlo, ora non vedevo più, ne il campo, ne quello sciagurato e mi resi conto che mi eri cacciato in un bel guaio, mi fermai, e non sapevo più che fare, poi decisi di tornare indietro, ma non so come accadde, misi un piede in fallo e caddi in un insospettabile dirupo, doveva essere fondo una ventina di metri, poiché rotolai senza potermi fermare, ma arrivato alla fine del dirupo, accadde quello che temei: persi i sensi, nel mio inconscio credevo fosse la mia fine.
Quando ripresi e sensi, fu un risveglio terrificante, sentivo intorno al mio corpo una sensazione di calore e mi resi conto che stavo fra le braccia di un gorilla, come quando una mamma ha fra le sue braccia il suo bambino e mi teneva con tenerezza, io ebbi la freddezza di fingermi ancora svenuto; il gorilla che poi era una femmina; mi carezzava, ed era incredibile con quale delicatezza lo facesse, io allora preso coraggio aprii gli occhi, ma sarebbe stato meglio se non lo avessi fatto, di fronte a me ad alcuni metri c'era la personificazione del mio incubo; come lo chiamavano gli indigeni: Akacià, l'uomo scimmia, la scimmia bianca, era in piedi e mi guardava, ed a distanza di anni posso dire che era bellissimo; alto poco più di due metri, aveva i capelli molto lunghi e biondissimi, non aveva ne barba, ne baffi ma solo una leggera peluria chiarissima, segno questo che non si era mai rasato il viso, gli occhi erano verdi che sembravano trasparenti, il naso era regolare, anzi più piccolo del normale, il viso era segnato

dalla maturità, i suoi canini sembravano essere quelli dei carnivori ed una fila bianchissima di denti, aveva una muscolatura spaventosa, due pettorali sproporzionati, come lo erano i bicipiti, erano notevoli anche i trapezi, indossava come ho detto all'inizio un perizoma, aveva quindi il senso del pudore, le gambe erano anch'esse molto muscolose, ma snelle, naturalmente era scalzo; mi guardava fisso, forse un segno di sfida, doveva possedere una forza spaventosa, mentre mi guardava mangiava un frutto, gettato l'avanzo si avvicinò, e sentivo dentro di me un grande sconforto, fuggire non mi sarebbe servito a nulla, si fermò ad un metro e lo vidi in tutta la sua potenza, grugniva come un animale dietro quello sguardo sembrava non esserci espressione era terribile, lo sguardo di un animale sul viso di un essere umano, quello sguardo terribile e misterioso che ancora oggi mi sconvolge, impresso nella mia mente e nei miei incubi.

Io ero fra le bracci della gorilla, ed Akacià allungò un braccio per afferrarmi, la mamma allungò il suo ed invei contro di lui come per minacciarlo, ma Akacià insisteva minaccioso, allora la mamma lasciatomi sdraiato a terra si avvicinò a lui come volerlo rincorrere, allora
Akacià si allontanò e mi resi conto che quella gorilla era la sua mamma adottiva alla quale Akacià obbediva con rispetto, una situazione incredibile, io allora scoppiai a piangere la mia vita sembrava non avere più una via d'uscita, la mamma sentendomi piangere mi prese ancora fra le sue braccia con la delicatezza straordinaria, forse aveva capito il mio dramma, con i suoi versi voleva rassicurarmi, poi mi carezzò la testa questo atto mi fece commuovere e fui io ad abbracciarla, il suo sembrava proprio il comportamento di una mamma, là vicino c'erano altri gorilla, ma io stavo al sicuro e non riuscivo a credere a questo animale che riusciva a dominare gli istinti di Akacià e mi resi conto che ogni luogo ed ogni situazione ha le sue regole e le sue leggi, anche la foresta misteriosa e selvaggia aveva le sue leggi e le sue regole; ne avevo avuto la prova, ma quell'essere che era fuggito dinanzi ad un istinto materno era capace di qualsiasi azione; potente, spietato e selvaggio, credo che se non ci fosse stata la sua mamma adottiva ora non sarei qui a raccontarvelo.

Non mi scostavo da lei, era la mia garanzia di vita, e ci fu anche qualche altro gorilla che si avvicinò ma non con intenzioni ostili o nonostante ciò lei li cacciava perché forse consapevole della mia fragilità nei loro confronti.

Poi presa la mia mano mi portò via, con un piccolo sforzo mi issò sulle sue spalle e si inoltrò nella foresta, io la stringevo con delicatezza e avanzò molto dal posto da cui eravamo partiti, il suo cammino con me sulle sue spalle durò almeno due ore, poi d'un tratto si fermò, mi fece scendere, io allora presi senza movimenti bruschi la sua zampa o mano ora non saprei come chiamarla e me l'avvicinai e la poggiai sulla mia gota, l'animale con l'altra mano mi carezzò ancora i capelli, poi sbirciai i suoi occhi profondi e mi sembrò di veder luccicare qualche lacrima nascosta, poi d'un tratto scomparve nella vegetazione, io allora mi resi conto che mi aveva riportato al campo, cominciai a chiamare Alex che evidentemente molto vicino, mi rispose sempre chiamando per non perdere l'orientamento, finalmente ci incontrammo e ci abbracciammo e mi disse: - Al, caro Al, non so quale gioia mi dai, credevo di aver perso per sempre il mio caro amico italiano. -

- Ed io credevo proprio che fosse giunta la mia ora, ed invece eccomi qua.-
- Quello scemo di Roland; me lo sono mangiato, è proprio un imbecille, ed un vigliacco, ma ora vieni Al, avrai fame. -
- Accidenti, mi mangerei Roland con tutti gli stivali. -

Al campo tutti mi fecero festa, erano sinceramente felici di avermi ritrovato, persino i portatori che conoscevano bene l'implacabilità di quei luoghi.

- Ma quanto tempo è passato – chiesi.
- Quattro giorni – rispose Alex – quattro lunghissimi giorni -
- Possibile – risposi incredulo ed Alex mi chiese cosa avessi fatto in quei quattro giorni, io in quel momento risposi in modo evasivo: - non saprei Alex, sono caduto in un dirupo, e poi non ricordo più nulla. - ma non ero sicuro che Alex avesse creduto, comunque anche per me era un mistero, erano passati quattro giorni ed io mi trovavo a due ore di cammino da loro ed avevo perso i sensi a cinquanta metri dal campo e poi non ricordo più nulla, quindi dovevo dedurre che ero stato salvato dai gorilla che mi avevano portato lassù, e poi la madre di Akacià, mi aveva ricondotto al campo, era accaduto un fatto incredibile e pensare che questi animali tanto bistrattati a cui danno opinioni erratissime, dalla letteratura, dalla gente comune, e dall'ignoranza; avessi narrato tutto ai miei amici d'avventura, non mi avrebbero certamente creduto, quindi decisi di tenermi tutto per me.

Ero ancora confuso, mi fecero mangiare, ma ora mi ero ripreso, ed ero consapevole con chi avevamo a che fare ed il mio desiderio era quello di andarcene di lì.

Contro Akacià era una guerra persa in partenza, era praticamente impossibile convivere con un essere che aveva il dominio totale delle forze della natura.

Di lì a poco ci avrebbe minacciati con una trappola diabolica a dir poco.

Higgins mi volle parlare, venne Alex a dirmelo, io andai da lui che mi accolse con affabilità: - Caro Al, ho saputo della tua brutta avventura, comunque si mantenga sempre così, lei è di grande aiuto per questa nostra spedizione che a me sembra un po' sfortunata.

Io risposi: - La ringrazio signore, conti pure su di me.-

Poche parole che mi fecero davvero piacere, Lord Higgins non era così espansivo con tutti.

Il mattino seguente fui lasciato al campo con: Tiffany, Faraday, Wayine; andando via Alex i disse: - Sono invidioso di loro, chissà quale buon caffè gli preparerai. -

- Quando tornerai – gli risposi – ce ne sarà anche per te. -
- Ci conto Al – rispose Alex scomparendo nella vegetazione.

Subito gli altri rimasti con me, si avvicinarono e Wayine riusci a farsi capire un po' a gesti ed un po' con un inglese intriso di napoletano:

- Al, coofe tu prepara, italian coofe. -
- Yes, Yes – risposi: - io capito. - così passammo tutta la mattinata con il rito caffè, era incredibile come lo gradissero, non c'era niente da fare ci voleva la mia mano.

Ma l'atmosfera non prometteva nulla di buono, gli animali cominciarono ad azzittire a poco a poco, se continuavano così, sicuramente avremmo ricevuto la visita, di Akacià; quale minaccia poteva preoccuparci?
Verso le quattordici la spedizione rientrò, ed anche di corsa, erano molto sudati, e scossi, si misero seduti sfiniti e subito Farady porse loro le bevande; erano oltre che provati dalla fuga erano anche visibilmente preoccupati, allora io chiesi ad Alex cosa fosse accaduto lui mi rispose:

- Al, è accaduta una cosa incredibile, mentre tornavamo, abbiamo udito un urlo terrificante e decine di belve feroci ci sono venute vicine; a terra, sui rami, abbiamo sparato molti colpi e ciò ci ha salvati, poiché le belve si sono impaurite dagli spari, poi siamo subito fuggiti; è terribile, ruggivano in modo così feroce e non siamo riusciti a capire come abbiamo potuto uscirne vivi. -
- Alex, ma è normale tutto ciò? - chiesi pensieroso.
- Non credo, non possono riunirsi in un branco così numeroso per caso. -

In effetti anche Malcom e Heat che avevano esperienza non ricordavano una situazione simile, ma io sapevo il perché e di chi era la causa.
E ricordavo l'espressione materna di quel gorilla, che mi aveva lasciato triste, quell'istinto così umano che un animale potesse esprimere, mi sentivo il suo figlio buono, al contrario di Akacià così cattivo e perverso.
La serata passò in modo tranquillo, poi accesi alcuni fuochi all'alba tutto filò liscio, quando fummo tutti in piedi facemmo colazione, ma l'animo non era quello dei giorni migliori, lo sconforto era dentro di noi, la tristezza si era ormai impadronita dei nostri volti.
Ora ad ogni passo o ad ogni pianta poteva nascondersi il pericolo, cercavamo di indovinare la strada del ritorno e quelle escursioni giornaliere erano appunto i tentativi.
Higgins decise di muovere il campo, forse avevamo indovinato la direzione giusta, preparammo tutti i materiali e ci mettemmo in marcia, imboccammo un sentiero in discesa simile a quello in cui io ero caduto, ma era un brutto posto pieno di mosche e zanzare ed il terreno era paludoso e maleodorante con tanti sentieri appena accennati, non riuscivo a capire chi aveva avuto quella brillante

idea, procedevamo con difficoltà, io mi avvicinai ad Alex e lo feci presente, poi finalmente cambiammo direzione, difatti risalimmo un altro sentiero, arrivammo fino ad un punto in cui sembrava finita la salita, ma il sentiero poco dopo scendeva di nuovo, non mi sentivo tranquillo, poi d'un tratto ci trovammo di fronte ad una situazione che non aveva niente a che fare con la logica, infatti davanti a noi c'era una trama di foglie grandissime ed ognuna di esse avrebbe potuto avvolgere un uomo; queste foglie enormi erano messe in modo da formare una specie di rete chiusa, sembrava una grossa sacca messa per contenere qualcosa, era alta almeno tre metri e lunga circa dieci, fissata agli alberi con liane, legate in modo irreprensibile, sembrava davvero l'opera di un paranoico, ci fermammo nei pressi di quella costruzione vegetale, ci guardammo perplessi, cosa poteva significare; sembrava tutto tranquillo, ma dopo alcuni minuti cominciammo a sentire degli strani rumori simili a strappi di erbe, prima molto radi, poi mano a mano questi strappi si facevano sempre più fitti, e forti.

Io allora ebbi sentore di ciò che stava accadendo e gridai: - Via, via, sta cedendo. - Tutti fortunatamente tornarono indietro alla svelta e risalirono il sentiero con tutto il materiale fortunatamente, si sentì un frastuono assordante; la diga di foglie cedette all'improvviso ed una marea di fango ed acqua si sprigionò violentemente, eravamo rimasti indietro io ed Higgins, io mi aggrappai ad un ramo e presi per un braccio Higgins appena in tempo perché sotto di noi un fiume di fango scivolò paurosamente portando con se serpenti, vermi ed altri animali schifosi, non so che fine avremmo fatto se fossimo stati sommersi da quel sudiciume.

Higgins, mi guardò, poi stringendomi la mano mi ringraziò, gli avevo salvato la vita e l'avevo salvata anche agli altri.

E stranamente nessuno si chiese chi aveva potuto ordinare quell'attentato così scrupolosamente preparato e se era come pensavo io, la foresta doveva essere piena di queste trappole, perché chi le aveva realizzate doveva aver fatto i conti con le probabilità, quindi un calcolo intelligente e non poteva essere che lui: Akacià.

Lo accennai ad Alex: - Chi può aver realizzato una trappola così micidiale? - Nella speranza che avesse dato una risposta che avesse valorizzato la mia tesi e rispose: - Certamente è stata fatta da esseri umani e può darsi che lo abbiano ideata i selvaggi del luogo per catturare la selvaggina.

- A me sembra – risposi convinto – più un congegno per nuocere gli esseri umani, perché come si può sperare di catturare animali investiti da quella valanga di liquami. -
- Anche questo è vero, ma tu cosa ne pensi? -
- Alex, ricordi quel giorno quando stavamo tutti facendoci il bagno in quel piccolo torrente? -

- Ricordo, si.... e allora? -
- Gli indigeni vedendomi cominciarono a gridare spaventati quel nome .... Akacià, forse mi avevano scambiato per qualcun altro. -
- E questo cosa c'entra? - rispose Alex sorpreso.
- Non so, forse c'è una tribù di gente misteriosa, dato che di selvaggi nella foresta non ne abbiamo mai incontrati. -
- Non saprei Al, è un vero mistero, sembra che non riusciamo a trovare la strada giusta per tornarcene a casa. -

Finì lì il nostro colloquio, ma erano tutti scossi e giù di morale, poi risalimmo il sentiero, ma non si poteva proseguire a quella maniera, non c'era nessuno in grado di ritrovare la strada per uscire da lì. Neanche i portatori erano pratici di quei luoghi, sapevano solo portare pesi e basta, e questo mi convinceva sempre più che là dentro vigeva una legge che valeva solo lì, buon per Landis che se ne era andato, ma allora come avevano fatto quelli che; appunto, avevano accompagnato Landis fuori di lì? Tornammo indietro e ci fermammo in una radura dove facemmo il campo, in realtà ci eravamo persi senza speranza. Qualcuno cominciava a dare segni di nervosismo come ad esempio i due cacciatori che ebbero un alterco con Alex, doveva essere accaduto qualcosa, ma purtroppo non capivo la loro lingua.

Quel giorno passò abbastanza tranquillo, tanto bastò per rigenerare le nostre speranze, facemmo progetti e congetture per individuare una via d'uscita.

I due cacciatori nel frattempo si erano estraniati dal gruppo e passavano il tempo a lustrare le loro armi che in verità non avevano dimostrato nulla tranne qualche colpo sparato tanto per far contento lord Higgins, non riuscivo a capire se erano due sprovveduti sopravvalutati o due furbi sottovalutati fino a quel momento non avevano fatto nulla in furore della spedizione e con il loro comportamento erano impenetrabili nelle loro vere intenzioni.

Era comunque evidente il malcontento che serpeggiava fra alcuni componenti della spedizione.

Vedevo i due cacciatori confabulare animatamente e si muovevano come se si preparassero a qualche iniziativa, non sembravano chiari nelle loro intenzioni secondo me stavano tramando qualcosa, non volevo dire nulla per timore di essere smentito, ma si stava muovendo qualche azione a discapito della spedizione, ne ero certo, quei due non mi avevano mai convinto fin dal primo momento in cui li vidi; altezzosi e indolenti.

Purtroppo non mi ero sbagliato, disgraziatamente la conferma venne il mattino seguente, infatti Malcon, Heat e Mc Dermot si presentarono ad Higgins armati fino ai denti e con delle provviste alludendo ad un loro piano; dissero a lord Higgins che volevano andare in avanscoperta per ritrovare la strada del ritorno, naturalmente Higgins ed Alex si opposero decisi ma i tre non ne vollero sapere ed insistevano per andare, erano palesi le loro intenzioni; altro che la ricerca di

una via d'uscita, volevano proprio fuggire ed infatti così fu; diedero assicurazioni che sarebbero tornati con dei rinforzi, se la situazione non fosse stata così drammatica ci sarebbe stato da sbellicarsi dalle risate.
Higgins dovette adattarsi, tanto non li avrebbe potuti trattenere lo stesso, così i tre bellimbusti se ne andarono e non sarebbero più tornati.
Higgins era contrariato, ma i tre sparirono tra la vegetazione senza dare la possibilità di ribattere.
La partenza dei tre, dava a me oneri che prima non mi spettavano, Alex era preoccupato, ma io lo rassicuravo.

- Alex non temere facciamoci coraggio, tanto non serve perdere la speranza inutilmente, piuttosto pensiamo a salvare la pelle, speriamo che i due acchiappafarfalle abbiano lasciato qualche arma. -
- Certo che ce ne sono – rispose Alex sicuro -: abbiamo fucili e munizioni, ma... tu hai mai sparato? -
- Imparerò, eccome se imparerò – risposi deciso, ed Alex fu felice di sentirmi così sicuro.

Detto, fatto, Alex mi affidò un grosso fucile da safari e diverse munizioni, mi diede alcune spiegazioni e fui subito in grado di maneggiare quell'arma micidiale. Io non seppi trattenermi e dissi ad Alex: - Ti rendi conto che quei tre se la stanno svignando? -
Alex lo sapeva, ma era come rasserenato e mi rispose in modo evasivo:

- No, non credo, vedrai appena troveranno il sentiero giusto, torneranno . -

Io non insistetti ma forse, sia noi che i fuggiaschi non avevamo fatto i conti senza l'oste, come si suol dire; e l'oste in questione era l'implacabile Akacià.
Comunque ora avevo un bel fucile da safari e potevo sparare anche alle ombre.
I componenti della spedizione andavano diminuendo ed oltre ai sette portatori eravamo rimasti oltre me, Higgins, Alex, Farady, Roland, Wainy e Tiffani.
Ora che i tre disertori erano andati via, il mio ruolo fu rivalutato, Higgins si fidava molto di me.
Comunque fece una considerazione e se quei tre non li poté fermare Higgins, quasi sicuramente li avrebbe fermati Akacià e l'idea non mi dispiaceva, era un pensiero poco cristiano, ma ce l'avevano fatta grossa ed in quel momento il rancore era incontrollabile in ognuno di noi.
Quella sera organizzammo un campo più protetto, infatti avevamo messo le tende a cerchio con un grosso falò al centro.
Il mattino seguente facemmo colazione e cercavamo di organizzare un turno di marcia.
Alex mi avvicinò e mi chiese se avevo idea della direzione da prendere, era una bella responsabilità, ma non mi volli tirare indietro e solo per intuito decisi di prendere una direzione, non avevo idea ma decisi per quella direzione, non avevo dubbi avevo deciso e quella doveva essere.

Ci mettemmo in marcia fra la vegetazione e mentre eravamo in marcia Higgins sembrava imprecasse dal tono della voce, io allora chiesi ad Alex cosa avesse suo zio e lui rispose come voler accondiscendere il suo stato d'animo: - è infuriato con i disertori e se non manterranno le loro promesse, quando torneremo in Inghilterra renderà loro la vita impossibile. -

- Questo è il minimo che farei – risposi convinto – se la sono proprio data a gambe altro che, brava gente, non c'è che dire. -
- Purtroppo ci hanno dato delle referenze false, ma per questo c'è chi pagherà. -
- Intendi chi te li ha raccomandati – gli chiesi incuriosito.
- Esatto per questo vollero essere pagati in anticipo e depositato nelle loro banche – disse Alex brandendo un pugno.
- Furbi, anzi astutissimi – risposi convinto.
- Si però mio zio non è un fesso ed ha imposto una condizione che quel denaro deve essere liquidato solo dopo la firma personale di mio zio, ma i tre lestofanti questa condizione non la conoscono, quindi la sorpresa è servita. -
- Bella mossa questa, ben fatto – risposi divertito. -

Camminavamo con molta cautela, poi arrivammo selle rive di un piccolo fiume mai visto prima d'ora, facemmo sosta, poi prendemmo dell'acqua ma con molta cautela e la mettemmo a bollire, non si poteva consumarla così non era come quella del torrente che era pura di fonte.

Con l'occasione Farady preparò il caffè, ma fatto alla sua maniera, ci eravamo accomodati a terra e sembrava che tutto fosse calmo, ma quello essendo un posto ricco d'acqua era anche sosta per gli animali che venivano lì per dissetarsi infatti era un via vai di uccelli, scimmie ed altri animali, persone esperte lo sapevano e non si sarebbero mai accampati sulle rive d'un corso d'acqua, ma noi eravamo inesperti; stavamo un po' ognuno con i nostri pensieri, quando sentimmo Tiffany gridare terrorizzata, ci voltammo e vedemmo Higgins immobile di fronte ad un grosso felino che era in fase di aggressione, ruggiva in modo spaventoso Alex si rivolse a lui con voce sommessa: - zio non muoverti – nel mentre estraeva la sua pistola, prese la mira e sparò, ma il colpo andò a vuoto, la belva per un attimo si fermò, ma subito dopo era di nuovo pronta a ghermire la sua vittima, io allora memore di avere un fucile da caccia provvisto anche di cannocchiale lo imbracciai, presi la mira ed esplosi un colpo e colpii il felino sul torace e cadde a terra senza vita, io non avvezzo ad usare questa potente arma, fui spinto indietro dal contraccolpo e caddi a terra e sentii un dolore molto forte alla spalla: ero a terra stordito e vidi tutti venirmi vicino esultanti mi aiutarono a rialzarmi e mi abbracciarono complimentandosi poi Higgins si avvicinò, mi porse la sua mano dicendomi: - Al, mi hai salvato la vita, non so come abbia fatto ma sta di fatto che mi ha salvato dalla furia di

quella belva, la ringrazio Al, però dovrò insegnarle ad usare il fucile meglio, ne vale bene la pena. -
Io ero confuso ma soddisfatto, poi rivolto ad Alex gli chiesi: - ma come ho fatto? -

- Come hai fatto – rispose Alex – la solita fortuna del novellino quando mai opportuna perché ha salvato la vita di lord Higgins parente stretto dei reali d'Inghilterra – poi mi si avvicinò e mi sussurrò – te ne sarà riconoscente credimi comunque sei stato bravissimo Al, ti stai rivelando un vero amico, utile e prezioso... grazie Al. -

Passai il resto della giornata con Higgins che mi dava lezioni balistiche e mi insegnò trucchi e tecniche per usar quel grosso fucile senza farsi del male.
Ci preparammo per la notte, accendemmo il fuoco e montammo turni di guardia, passammo ancora una notte tranquilla, non accadde nulla per fortuna.
Essendo divenuto il portatore di armi mi dovevo muovere con le escursioni, uscimmo: io, Roland e Wayne per delle ricerche che io non sapevo di cosa si trattasse, ma fin troppo inutili, infatti i miei due compagni di passeggiata mostravano di avere paura e non presagivo nulla di buono i luoghi non davano sicurezza e tranquillità e proprio mentre ero assorto a controllare proprio la nostra incolumità mi sentii piombare addosso non so cosa, forse erano rami pieni di foglie, comunque nella confusione vidi i miei compagni fuggire come gazzelle, io caddi a terra e persi i sensi e mi risvegliai come la prima volta fra le braccia del gorilla che mi stringeva con tenerezza, mi sentivo le ossa rotte, dovevo aver fatto una bella caduta, il gorilla mi fissava con espressione tenera, lo si vedeva era inequivocabile che fosse uno sguardo materno, mi voltai e vidi Akacià che fluttuava altissimo fra gli alberi, volando tenendosi alle liane ed il cambio fra una liana e l'altra avveniva in modo armonioso che sembrava volasse in posizione eretta con una leggerezza inverosimile, poi si fermava su un ramo e si fermava a guardare, poi lo vidi tuffarsi nel vuoto e scomparire nella foresta, uno spettacolo incredibile, eppure quell'essere che sembrava volasse come un angelo, era un feroce e selvaggio assassino, ma forse neanche era sua la colpa anche se a me sembrava che mettesse tanta malizia nelle sue azioni, poi pensai come mai mi trovassi lì, e la conclusione era che mi ci aveva portato Akacià tramortendomi con una bella botta in testa, e poi?
Quell'affetto materno del gorilla nei miei confronti, quelle effusioni così delicate.
Rimasi qualche attimo immobile, poi la mia mamma adottiva prese una banana, la spezzò in due e ne diede mezza a me con tutta la buccia, io presa quella mezza banana la sbucciai e la mangiai poi l'animale continuava a guardarmi e stringermi con tenerezza, le piaceva il mio aspetto e sicuramente le ricordavo quel delinquente di Akacià.
Ancora una volta mi chiedevo come sarebbe andata a finire; mentre ero accoccolato vedevo Akacià volteggiare lì vicino, si esibiva come voler

dimostrare la sua bravura ma si guardava bene dall'avvicinarsi, di solito i gorilla vivono in comunità, invece questa nostra mamma adottiva, viveva sola, non aveva un compagno e doveva essere come una specie di nobile per gli altri gorilla, forse nel suo istinto di madre era fiera di avere un figlio più bello e forte degli altri gorilla e poi Akacià stesso era motivo di sicurezza per lei.
Mentre ero fra le braccia dell'animale che mi stringeva sempre affettuosamente, vidi Akacià piombare come una saetta ma leggero come una piuma, alzai lo sguardo e rimasi esterrefatto, teneva appesa ad una mano la testa di un grosso felino, io mi spaventai, mentre la mamma fece dei gesti minacciosi al suo indirizzo, Akacià gettò davanti a me la testa del leone e fece dei versi strani, e sicuramente voleva mostrarmi cosa era stato capace di fare e se era stato lui c'era di che preoccuparsi, io lo guardai ma non osai fissarlo, poi emanò un grido così potente che mi stordì e se ne andò, trassi un sospiro di sollievo, rimasi con la mamma, io non sapevo cosa fare, poi con delicatezza presi la sua mano, ma non feci alcuna mossa, restai così almeno un'ora, la mamma mi carezzò forse aveva intuito il mio disagio.
All'improvviso Akacià tornò, scese da un ramo, non lo avevo visto, mi si avvicinò, era alto almeno quindici centimetri più di me, mi guardò, aveva un'espressione sconvolgente, uno sguardo vuoto in un essere umano era un connubio terribile, poi gettata a terra le scorze di un frutto, allungò una mano per toccarmi, io avevo una paura tremenda; ero pronto; se provava a farmi del male mi sarei gettato fra le braccia della mamma perché ero sicuro che mi avrebbe protetto.
Akacià si avvicinò, mi fissava in modo ossessivo, mi toccò sul torace, gli piacevano i bottoni della mia casacca che erano di legno, poi mi mise una mano sui capelli, poi toccò i suoi, non riuscivo a capire, avevo solo una grande paura e mi terrorizzavano i suoi cambiamenti di umore, la mamma era nervosa e si muoveva in modo spasmodico, conosceva bene questo suo figlio degenere, forse temeva che prima o poi mi avrebbe fatto del male, io da parte mia ero agitato ed ero attento alle mosse del mostro che avevo di fronte, era muscoloso in una maniera incredibile ed ero convinto che fosse arrivata la mia ora, ed era giunto il momento tanto temuto; Akacià mi afferrò per un braccio, la mamma che si aspettava questa mossa si gettò su di lui, che lasciato il mio braccio afferrò la mamma e la gettò a terra con inaudita violenza, ma essa sembrò non risentire dell'urto, Akacià era un vero delinquente, la mamma cominciò a gridare contro quel figlio degenere, che emesso un grido terribile scomparve nella foresta, io a quel punto non resistendo alla terribile tensione persi i sensi e mi svegliai come sempre tra le braccia della mamma che mi teneva con la delicatezza incredibile mi fissava con un'espressione che sembrava di compassione, ancora oggi non riesco a dimenticare quello sguardo, anzi lo ricordo sempre con grande affetto, un animale con un istinto materno notevole a quella maniera aveva dell'incredibile.

Passando da un'emozione ed un'altra si fece notte e fui condotto dalla mamma in una grotta buia e puzzolente, ma quella era la sua casa e forse lo era anche di Akacià, ella si sdraiò a terra e mi fece accovacciare vicino a lei, e mi coprì con il suo grosso braccio per proteggermi, io non mi sentivo proprio a mio agio, ma stanco e sfinito mi addormentai; quando mi risvegliai era giorno, la mamma era fuori, credo stesse mangiando, io mi alzai ed uscii con calma senza fare movimenti bruschi, quando la mamma mi vide, si alzò era altissima, emise dei grugniti, io rimasi di pietra, ma quelli erano versi di gioia, infatti fatti alcuni salti, si avvicinò, mi abbracciò e mi portò con lei e ci fermammo sotto i rami di un albero dove c'erano moltissimi frutti, io avevo fame ma avevo timore di toccare quei frutti che non avevo mai visto, e poi non sapevo quale poteva essere la reazione della mamma, ma ella stessa mi porse alcuni di quei frutti, io non sapevo cosa fossero ma li mangiai ed erano molto buoni, avevano il sapore di pera; dopo aver mangiato, la mamma mi venne vicino dovevo stare con lei, avrei voluto fuggire ma non sapevo proprio come fare e non potevo certo immaginare cosa mi sarebbe accaduto pochi minuti dopo, infatti ero vicino alla mamma, quando sentii un urlo; era Akacià che veniva come sempre planando con una leggerezza incredibile, si fermò, aveva qualcosa in mano, si avvicinò, aveva disegnato sul volto un ghigno molto strano e quando fu a circa tre metri da me, mi resi conto di ciò che aveva in mano, rabbrividii dal raccapriccio, infatti dalla sua mano ciondolava la testa del povero Farady; fui colto da un impulso irrefrenabile di rabbia e gridando mi gettai disperatamente contro Akacià che senza scomporsi minimamente mi colpì con un braccio tanto da farmi schizzare almeno dieci metri lontano, andai a cozzare su un cespuglio e rimasi dolorante, ma fu una mossa pericolosissima, Akacià avrebbe potuto uccidermi, ma non lo fece per mia fortuna, poi gridando minaccioso verso di me se ne andò, io piangendo mi rialzai, erano lacrime di dolore e di disperazione, poi mi avvicinai con angoscia alla testa di Farady, povero amico mio chissà come era stato ucciso da quel mostro, presi alcune grosse foglie le arrotolai ai poveri resti e li misi in un posto sicuro, mentre la mamma sempre sensibile alle mie lacrime mi coccolava sempre amorevolmente; ma nonostante ciò non potevo rimanere lì, ma non vedevo via d'uscita, la mia unica salvezza era lei.

Non sapevo che fine avevano fatto i miei amici, se Farady era stato ucciso, chissà cosa poteva essere accaduto agli altri, non sapevo darmi pace, presupponevo la posizione ma non sapevo dove voltarmi per tentare una fuga, per Akacià attraversare la foresta era una cosa da nulla in pochi secondi percorreva centinaia di metri quindi scartai l'idea della fuga.

Soltanto la mamma e Akacià avrebbero potuto farmi uscire di lì ma come?

Mille interrogativi mille dubbi e poche speranze.

Ero sempre triste avevo la barba lunga, ero sporco ero seduto con la mamma, quando riapparve il delinquente assassino che dati alcuni ordini ci intimò di seguirlo, la mamma mi teneva una mano, come si fa con un bambino del resto quando la mamma si distendeva era alta almeno due metri e mezzo, camminammo circa mezz'ora, poi arrivammo in una radura priva di vegetazione e c'era l'ingresso di una taverna, entrammo preceduti da Akacià, avvertivo l'ostilità del mostro, il suo respiro era un continuo ruggire che ti faceva stare sul chi vive, sempre in tensione, entrammo io stavo sempre vicino alla mamma, mentre Akacià rovistava fra le sue cose, e si notava da come teneva i suoi oggetti che era molto intelligente, ogni cosa al suo posto con un ordine maniacale proprio dei paranoici poi ebbi un sussulto su una pietra ben levigata c'erano le immagini sacre che mi aveva dato mia madre e mi domandavo come aveva potuto averle, Akacià si avvicinò ad esse le prese in mano e guardando parlava loro e si arrabbiava perché non gli rispondevano, poi le riposò sulla pietra, più nascosto vidi il suo giaciglio foderato da pelli di leone, d'un tratto sentii Akacià ruggire più forte di prima, un grosso serpente era entrato e si era poggiato sul suo giaciglio, egli lo prese per la testa e tirandolo lo spezzò in due e lo gettò fuori, tale serpente avrebbe potuto uccidere anche un leone, ma per lui fu come uccidere uno scarafaggio, poi d'un tratto rivolto a noi ci intimò di andarcene, la mamma minacciandolo con un pugno uscì tenendomi per mano, uscimmo ed ella si voltò ancora brandendo il suo pugno in modo minaccioso, tornammo nel luogo dove eravamo stati tutta la mattina, la testa del povero Farady era ancora là, povero amico mio quale brutta fine, per mano di un assassino senza regole, senza legge ed anche impunibile dato che là dentro era il vero dominatore, e non capivo come non avesse mai cercato di assassinare sua madre, e forse questo lo avevo capito, poiché Akacià stesso rispettava le leggi della foresta e della natura, poiché la mamma gli era stata sempre da guida, lo considerava il centro del suo equilibrio e questo dava ordine alla sua indole, le sue tesi gli davano ragione, prima c'era la foresta, poi la mamma che era un animale, poi c'era lui che non era un animale, ma che era stato allevato come un animale quindi lui si comportava di conseguenza, lui non era in errore, era una belva feroce e spietato, con la sola differenza che ci metteva le intenzioni e non l'istinto.

Si fece buio, e la mamma mi portò con lei in una grotta dove mi addormentai circondato dalle sue attenzioni materne.

Il mattino seguente mi risvegliai, ero un po' indolenzito, ma stavo bene, ero ancora però triste per la fine di Farady ed ero in pena per gli altri amici che non ne conoscevo la sorte, poi mi avvicinai alla mamma e decisi di parlarle; si! Di parlarle, anche se era un'impresa impossibile, ma dovevo in qualche modo comunicare.

Mi avvicinai alla mamma, senza guardarla negli occhi, presi la sua mano con delicatezza, poi le dissi: - portami via, ti prego, riportami dai miei amici. - Lei smise di mangiare, si rivolse verso di me, mi mise la sua mano sella schiena, io allora presa la sua mano mi alzai lentamente e la tirai verso di me, ma con modi

molto dolci, fu una cosa incredibile, si alzò, mi guardò e cominciò a gridare e piangere, aveva capito cosa volevo, si avvicinò a me e mi gettò a terra infuriata, io ero terrorizzato, rimasi a terra, mentre lei si toglieva le lacrima dagli occhi, si calmò si avvicinò a me mi prese la mano e cominciò a procedere nella foresta non osavo pensare, ma era proprio così, mi stava conducendo dai miei amici, non ci potevo credere, non avrei mai immaginato un livello così alto della sua intelligenza.
Procedemmo per diverse ore nella foresta, poi d'un tratto mi lasciò, io un po' confuso le dissi: - grazie – l'animale visibilmente offeso non si girò e sparì nella vegetazione rimasto solo non sapevo cosa fare, ma avevo fiducia in lei poiché ero sicuro che mi avrebbe portato al posto giusto, infatti cominciai a gridare chiamando Alex ed Higgins ed avevo ragione, la mamma mi aveva portato ad alcune decine di metri dai miei amici.
Vidi apparire Alex ed alcuni portatori, egli mi fissò poi sorridendo mi abbracciò: - Al, sei vivo grazie al cielo, vieni Al, ti aspettavamo con ansia.
Quando arrivai al campo tutti si gettarono su di me felici di sapermi vivo.
Poi chiesi quanti giorni ero mancato ed Alex mi disse nove giorni, poi mi chiese: - Al è la seconda volta che ti perdi nella foresta. -
Io avevo capito cosa voleva intendere Alex, poi dissi:

- Fatemi ricredere un attimo amici sono completamente sfasato, so anche del povero Farady. -
- Come fai Al a sapere della sua morte. -
- Dopo vi spiego – I miei amici si scambiarono un'occhiata ansiosa io ripresi; - Ora il povero Farady non ci farà più il suo caffè? -
- Al, ti prego spiegaci – mi chiese Alex.
- Alex, come puoi spiegare che ben due volte sono stato assente per dei giorni nella foresta e non mi è accaduto nulla. -
- E' vero, hai ragione, come si spiega? -
- Vi racconterò tutto, ma dovete credermi. Feci una breve pausa, mi misi seduto,ero stanco davvero, tutti si misero seduti chi in ginocchio per ascoltare. - Amici, la leggenda della scimmia bianca non è una leggenda, ma un personaggio vero, io ho avuto modo di incontrarlo e conoscerlo ma più che scimmia bianca lo chiamerei solo assassino sanguinario perché è capace solo di uccidere.
- Al, facci capire meglio di chi parli. - disse Alex
- Alex, l'uomo scimmia esiste, è qui non è un personaggio fantastico, ne hai sentito parlare? -
- Si, se ne parla, ho sentito varie versioni, su questo uomo, ma ora tu me ne parli come di una persona viva e vegeta. -
- E' così Alex, è stato lui a commettere la strage degli indigeni, è lui che ha ucciso Farady, ora capisci Alex? Siamo tutti in pericolo. -

Intervenne Higgins: - Alex, permetti? - Il nobile inglese si mise seduto vicino a me poi mi disse:

- Al, tu sei uno che non racconta bugie, ora voglio sentire dalla tua voce ciò che accade, ciò che hai visto, parla con tranquillità io ti credo, anzi tutti ti crediamo, coraggio Al. -
- Lord Higgins, io ho visto l'uomo scimmia, o scimmia bianca, oppure Akacià come lo chiamano gli indigeni, è di razza bianca molto probabilmente anglosassone, alto più di due metri, sui trentacinque anni, capelli biondi, in possesso di una forza inverosimile, e poi è un feroce assassino ed ho il sospetto che sia anche un paranoico, è stato allevato da un gorilla femmina che gli fa da madre, io in queste due volte che sono mancato ha vissuto con lei, mi tratta come suo figlio ed è di una intelligenza incredibile. -
- Al, credi che sia pericoloso questo Akacià? -
- Pericoloso? E' l'anticamera della morte? -
- Come faremo a uscirne vivi? -
- Non saprei Lord Higgins, solo sua madre adottiva riesce ad incutergli soggezione, l'ho visto io rispetta solo lei. -

Lord Higgins rimase in silenzio per qualche minuto poi rispose quasi sottovoce: - Anch'io ne avevo sentito parlare una decina di anni or sono a Londra, la credevo una storiella da popolino, ma ora che Al lo conferma è tutto vero, anche allora ci furono morti misteriose, era stato Akacià. -

- Lord Higgins io l'uomo scimmia l'ho visto da vicino, ha uno sguardo terribile, intelligente e vuoto, penetrante e spietato, lo sguardo di un essere umano in un animale, una sensazione sconvolgente.

Lord Higgins mi guardò incredulo, ma non perché non mi credesse ma per la inverosimile vicenda, cioè sembrava un racconto fantastico ma che tuttavia era obbligato o costretto a credere.

- Ma come può essere? - si chiese Higgins – incredulo, Alex, replicò – può essere, primo, perché Al è degno di fede, e poi anche se inverosimile tutto può essere; anche un essere umano cresciuto con delle belve è lui stesso una belva, mettiamoci poi l'intelligenza dell'umano e si traggono le conclusioni. -

Intervenni io deciso: - Sono stato anche nella sua tana, dovrei dire nella sua abitazione, ma è una tana poiché abita in una grotta e quello che mi ha colpito è come tiene in ordine le sue cose, con la stessa distanza, in ordine maniacale, che mi ha convinto di avere a che fare con un paranoico anche i resti delle sue vittime sono ordinate simmetricamente. -

- Un infelice – rispose Higgins – quell'uomo è un infelice. -
- Però la sua insoddisfazione è sfociata nella violenza. - disse Alex, eravamo tutti desolati, incombeva su di noi il pericolo di un essere

crudele e spietato ed invincibile in quei luoghi.
Ma un imprevisto arrivo avrebbe dato respiro alla nostra tensione e ciò avvenne il mattino seguente ad una notte trascorsa nel dormiveglia a causa delle grida fortissime sicuramente di Akacià per impedirci di dormire, un comportamento diabolico.
Facemmo finta di svegliarci, e mentre io preparavo il caffè, sentimmo dialogare alcune persone a voce alta, poi d'improvviso sbucarono dalla vegetazione diverse persone, doveva trattarsi di una spedizione come la nostra.
Avanzavano verso di noi con i fucile spianati, io allora mi alzai ed andai verso di loro: - Ei, ei, calma abbassate quei fucili – l'uomo si fermò d disse: - italiano? -

- Certo, però abbassa il fucile paesà! -
- Scusa paesà, ma qua dentro devi stare con gli occhi aperti. -
- Si, però ora sei al sicuro, per modo di dire, almeno da noi non hai nulla da temere. -

Il resto della spedizione si fermò erano stanchi, allora io portai loro un secchio di caffè, fatto alla maniera del povero Farady, e ne furono contenti, mi ringraziarono cento volte.
Quello che sembrava il capo della spedizione andò da Higgins e parlarono fra di loro.
Io ed Alex ci appartammo con il paesano.

- Io mi chiamo Al. -
- Alfò – mi rispose – ti sei fatto americano – alludendo al fatto della decurtazione del mio nome al modo anglosassone.
- Mi ci chiamano i miei amici inglesi. -

Così parlammo e chiarimmo le nostre posizioni, il paesano si chiamava Francesco esperto d'armi era al seguito di una spedizione belga i cui scopi non ci furono mai chiari, l'unica cosa certa era che erano lì per uccidere Akacià, ne avevano sentito parlare nei salotti eleganti in Europa, ed ora erano li per compiere l'impresa di uccidere l'uomo scimmia.
Dopo aver sentito le farneticazioni di Francesco, io gli dissi francamente:

- Senti paesà, lo vuoi un buon consiglio? Tornatene a casa finché sei in tempo, non hai a che fare con un povero cane spelacchiato, l'uomo scimmia è più feroce di una belva. -
- Alfò, ma che è amico tuo? -
- No, sei tu amico mio, per questo ti sto' dando questo consiglio, vattene finché sei in tempo, hai di fronte un essere incredibile, puoi averlo dietro le spalle o sulla tua testa senza che tu la veda, può ucciderti come e quando vuole, dammi retta Francè! -
- Alfò, i tuoi consigli saranno pure buoni, ma contro questo – indicando il suo fucile – l'uomo scimmia sarà l'uomo scimmia morto, hai capito? -

- Io non risposi, ormai Francesco era eccitato non potevo convincerlo in nessuna maniera.

Poi dissi ad Alex: - noi il nostro incubo lo abbiamo trovato qui, loro invece se lo vanno cercando, peggio per loro. -

- Al, tu lo hai avvertito, è grande e grosso per capirlo da solo. -

Così lasciai l'uomo decidere del suo destino.

Con l'altra spedizione ci scambiammo alcune armi e vettovagliamenti ed anche Wayne che richiesto dall'altra spedizione fu liberato da Higgins dall'impegno.

La sera fu piacevole perché eravamo in molti, ci divertimmo poi ci addormentammo, il mattino seguente, la spedizione belga era in piena partenza tutti pronti ed organizzati, ma erano dei poveri illusi, noi non potevamo fare nulla per fermarli non sembravano più esperti di noi, ma il risultato lo avremmo constatato qualche giorno dopo.

Io egoisticamente ora mi sentivo più tranquillo perché pensavo che ora Akacià aveva da fare con i nuovi ammazza-tutti, però mi sbagliavo ed ora ve lo spiegherò; la verità era, che ora io, anche mio malgrado, appartenevo ad Akacià e alla mamma, non so come, ma era entrato in quell'equilibrio.

Tutto sembrava andare per il meglio i belgi ci avevano lasciato una guida per tornare sulla costa.

Higgins ci riunì, voleva confermarci il ritorno a casa; ci riunimmo intorno ai nostri bagagli.

- Amici, credo sia il caso di ammettere che la nostra spedizione è fallita, anche con il prezzo troppo alto dei nostri amici che si sono ammalati o come il caro amico Farady e gli indigeni assassinati da un mostro, io volevo venire qui per scopi scientifici, ma ci siamo imbattuti in un mostro che ci ha costretti alla resa, ma ora non è il caso di recriminare sul nostro fallimento, ora è il momento di andarcene e salvare la nostra vita, fra un paio d'ore ci muoveremo, questo amico ci poterà fuori di qua, così una volta sulla costa ci imbarcheremo alla volta della nostra cara Inghilterra.-

Eravamo ovviamente tutti contenti, ma la mia disavventura non era giunta al termine.

Io, mi ero allontanato dagli altri per sistemare le mie cose, alzai lo sguardo e mi era sembrato di vedere dietro delle foglie che si muovevano la mamma, io misi a fuoco la mia vista le foglie si mossero di nuovo, ed era proprio lei, ma cosa ci faceva qui?

Io mi stavo allontanando quando mi si avvicinò Alex:

- Al, cosa fai qui solo, soletto? -
- Stavo sistemando le mie cose – d'un tratto ci sembrò a tutti e due di aver percepito un lampo, non sapevamo cosa fosse, poi il sentore di qualcosa, di una presenza, ci voltammo, alle nostre spalle c'era il delinquente, assassino che ci osservava, con un ghigno appena accennato, si manifestò

con tutta la sua potenza selvaggia, aveva le braccia conserte, un atteggiamento che lo umanizzava, il povero Alex per lo spavento perse i sensi, poi Akacià si avvicinò a me senza curarsi minimamente del mio amico, poi si fermò e con modi minacciosi mi fece inoltrare nella vegetazione dove ad attendermi c'era la mamma, allora prima non mi ero sbagliato, era lei, io mi avvicinai, sembrava contenta di vedermi, credo che fosse stata proprio lei ad indurre il delinquente a portarla da me.

Il suo sguardo era quello tenero d'una mamma, mi carezzava con la delicatezza, poi mi stringeva a lei, se avesse forzato un po' di più le sue effusioni mi avrebbe stritolato ma le sue attenzioni erano sempre delicate anche io ora provavo affetto per questo grosso animale così straordinariamente materno, non sapevo cosa sarebbe successo, la mamma mi prese per mano, voleva portarmi via, io liberai la mia mano con molta calma poi le dissi: - aspetta un attimo, ora torno – mi allontanai in cerca di Alex che dietro un cespuglio mi chiamò: - Al, sono qua -

- Alex, hai visto? -
- Si che ho visto, da morire, ora capisco cosa si può provare. -
- Cosa farai Al, quel gorilla ti vuole bene, è straordinario. -
- Mi tratta come suo figlio. -
- Ho visto, quando ti guardava, da non credere e poi quel mostro è spaventoso. -

All'improvviso riapparse Akacià; io dissi ad Alex di fingersi svenuto ed egli prontamente mi ubbidì, Akacià mi guardò fisso era spaventoso, poi si avvicinò ad Alex, aveva capito che mentiva, sorrise appena, si avvicinò a me sembrava volesse aggredirmi quando sentii il grido della mamma in effetti credo che Akacià volesse proprio farlo, solo che l'urlo della mamma lo dissuase, poi ruggendo sparì nella vegetazione.

Io mi avvicinai a lei e l'abbracciai, ormai non avevo più paura di lei.

Ormai sapevo come trattare con la mamma e le dissi: - aspettami, ora torno mi liberai del suo abbraccio, poi andai da Alex: - vieni Alex, voglio farti conoscere la mamma – il mio amico aveva timore e forse io stavo esagerando non potevo certo prevedere la reazione della mamma nel vedere un'altra persona, fui incauto, ma fortunatamente tutto andò bene, infatti ci avvicinammo a lei che ci guardò a tutti e due, toccò Alex che tremava come non mai, però si avvicinò a me e mi prese fra le sue braccia ignorando Alex; le piacevo io forse gli ricordavo quel delinquente di Akacià, poi dissi ad Alex: - torna con gli altri Alex, partite per la costa e se potete aspettatimi, altrimenti lasciate qualcuno al porto, voi partite pure per l'Inghilterra, io mi farò sentire poi. -

- Ma Al... cosa vuoi fare? -
- Nulla, ma ora non posso muovermi, sento che la mamma si sta innervosendo e potrebbe essere pericoloso per te, finché c'è lei io sto' al

sicuro.

- Al, mi metti in crisi, come posso abbandonarti? -
- Non è un problema tuo Alex, non ti sentire colpevole, tu devi fare come ti dico io, e poi così voi potrete andarvene tranquilli, Akacià sarà occupato con me e con gli sbruffoni belgi, vai Alex, non ti preoccuparci tornerò, ci vedremo sulla costa oppure a Napoli e mi raccomando bloccate l'assegno ai nostri bravi cacciatori. -

Alex, vedendo la mia determinazione eseguì i miei consigli, così anche lui scomparve nella vegetazione, ero dispiaciuto, forse avrei potuto approfittare dell'occasione, ma forse mi aveva trattenuto l'affetto della mamma, avevo l'occasione per fuggire da lì, ma non l'avevo sfruttata, e poi se fossi fuggito sicuramente Akacià mi avrebbe raggiunto e ucciso, rimasi così con l'animale che presa la mia mano mi condusse con lei nella foresta, questa volta forse ero stato io a decidere il mio destino.

In effetti così facendo credevo di poter controllare Akacià per poter dare la possibilità ad i miei amici di arrivare alla costa indisturbati, con quel mostro non si potevano fare codesti calcoli, ma forse il mio piano non era del tutto così fantasioso, infatti poi come mi riferirono essi tornarono sulla costa senza problemi, in effetti Akacià aveva il suo da fare; con me e purtroppo con loro, sfogò il suo malessere sulla spedizione belga.

Rimasi tutto il giorno con la mamma che mi porgeva molto cibo, oltre alla frutta anche radici dal sapore buonissimo, poi la sera mi condusse nella sua grotta ove mi addormentai più tranquillo, per il momento era la vita che ero stato costretto a scegliere.

Il mattino la mamma mi condusse in un luogo bellissimo, una radura ove c'era la vegetazione bassa ed un laghetto dalle acque limpidissime, la mamma si avvicinò alle acque e ne bevve, sicuramente era un luogo tranquillo, io allora non persi l'occasione mi spogliai lasciando le mutande e mi tuffai ne avevo bisogno, la mamma mi sgridò, era incredibile, si avvicinò e mi indusse ad uscire mi ero dato una bella rinfrescata, io uscii dall'acqua, poi dissi alla mamma: - fammi bagnare ti prego – sembrava non resistere al modo di parlare affabile quando le rivolgevo la parola, infatti mi rituffai e rimasi in acqua almeno mezzora, poi uscii quando vedevo che si innervosiva, rimasi in mutande portando i miei abiti sul braccio, per lei non avevano importanza, nemmeno li guardò.

Per almeno cinque giorni Akacià non si vide chissà quale danno era andato a compiere.

Io mi ero imparato a parlare con la mamma che sembrava gradire il suono della mia voce.

Anche io le porgevo la frutta e lei la gradiva, stavamo tutto il giorno a cercare cibo e l'unica cosa che mi mancava era una bella bistecca ma del resto là dentro non potevo pretendere di più e mi chiedevo se Akacià mangiasse carne e dopo

alcuni giorni me ne resi conto vedendolo strappare un pezzo di carne cruda, comunque non era antropofago, forse aveva ucciso qualche erbivoro, ora capivo perché avesse tanta forza.
Quelle notti e quei giorni indimenticabili passati in compagnia d'una mamma premurosa e di un fratello selvaggio e violento, sembrava una pazzia eppure mi ci ero ficcato io in quella situazione e certe volte cercavo di svegliarmi ma non era un sogno, mi trovavo nelle foreste sconfinate e misteriose dell'Africa, e stato vivendo come un animale e ciò mi fece rendere conto della pazzia che avevo fatto, anche se così facendo avevo creduto di dare la possibilità ad i miei amici di potersi allontanare da lì, e mi sbagliavo poiché Akacià non li uccise solo perché non gli interessava, ormai avevo arrecato danno alla spedizione mettendola in fuga a lui interessava la loro sconfitta e non il loro bottino, ancora una volta avevo vinto, ero il vero signore delle foreste.
Io e la mamma passammo un brutto quarto d'ora quando fummo assaliti da alcuni grossi felini, erano in quattro, mentre io sapevo che questi grossi felini erano abbastanza solitari, si fecero vicini a noi ruggendo in modo rabbioso, uno di questi tentò di lanciarsi, ma dovette fare i conti con un manrovescio poderoso della mamma che lo fece roteare almeno tre volte, praticamente quattro salti mortali contando il primo che era un avvolgimento di tutto il corpo, ma la belva ricaduta pesantemente a terra si rifece sotto infuriata, anche io mi misi a gridare contro la belva, ma quattro erano troppo anche per la mamma, poi quando esse stavano preparandosi all'attacco finale, arrivò Akacià e fu la prima volta che ebbi il piacere di vederlo, scese leggero come una piuma dall'ultima liana, si avvicina alle belve che vedendolo come cuccioli, il loro ruggito si era trasformato quasi in un miagolio, due di essi si appiattirono a terra in segno di sottomissione e non si mossero più, gli altri due invece si misero in posizione supina attendendo carezze e coccole, Akacià, giocò con loro, poi d'un tratto gridò e queste sparirono come fulmini nella foresta, poi si avvicinò alla mamma per vedere se aveva qualche ferita, fortunatamente non avevo nulla, poi si rivolse a me e mi gridò alcuni grugniti e forse capii cosa volesse darmi; e cioè, che lui era capace di difendere la mamma, mentre io no, poi se ne andò lasciandomi con lei, anche io mi avvicinai a lei, controllai che non avesse ferite, ma effettivamente non aveva nulla, doveva avere molti anni anche se il pelo era ancora lucido ed i denti un po' malandati ma bianchi.
Poi tornai alla mente nei momenti in cui pochi minuti prima Akacià ci aveva salvati da quelle belve, erano quattro, eppure come micetti innocenti si erano sottomessi a lui, una cosa veramente incredibile.
Ormai avevo preso confidenza con la mamma, tanto che mi misi anche a pulirgli le mani e le unghie e sembrava piacerle lei era una mamma amorosa, ma anche io come figlio non le ero da meno.
Mentre stavamo mangiando sentii dei grugniti, d'un tratto mi sentii sollevare in aria almeno ad un'altezza di quattro metri ricaddi e fortunatamente non mi ruppi

nulla, pensai subito ad Akacià, forse era venuto il momento della mia esecuzione, ma non era Akacià, e mi resi conto che non era lui, ma un grosso maschio di gorilla, io rimasi a terra dolorante e vidi l'energumeno avvicinarsi alla mamma, sicuramente voleva approfittare di lei, le si gettò addosso eccitatissimo, lei si difendeva era una lotta titanica, avrei voluto intervenire ma cosa avrei potuto fare io, naturalmente la poverina stava per soccombere io mi alzai e cominciai a gridare: - Akacià, Akacià, Akacià! - gridai ancora più forte tanto da rubare l'attenzione dell'energumeno, poi d'un tratto un lampo, una saetta appena percettibile e l'energumeno cadde a terra morto, poi Akacià emanò un grido talmente forte che io dovetti turarmi le orecchie, e la foresta si zitti, per alcune ore, allora Akacià prese un braccio del gorilla, lo strappò dal corpo ne fece alcuni pezzi, poi con il volto inespressivo guardò quel braccio sanguinante, il suo volto cambiò espressione da inespressivo a feroce diede un morso a quel braccio ne strappò un pezzo, poi sorridendo ne diede anche a me che non ebbi il coraggio di rifiutare ed anche io con molto ribrezzo strappai un po' di quella carne ancora calda, la mamma poverina era a terra Akacià la soccorse, ma per fortuna era solo contusa io mi avvicinai timidamente, lei si rialzò vispa ed in buone condizioni, mentre il grosso gorilla ormai senza vita giaceva già dimenticato.

In quei giorni avevo assistito alle azioni di strapotere dell'uomo scimmia, signore incontrastato delle foreste profonde, misteriose e sterminate, un grande regno per un unico signore.

Ora il mio entusiasmo si era un po' smorzato Akacià e la mamma avevano dato prova di grande affiatamento,temevo il ricusare della mamma nei miei riguardi, in effetti sembrava un po' spento l'affetto a cui mi aveva abituato, Akacià si era preso una rivincita sull'infatuamento della mamma nei miei riguardi, ma non ebbi in verità fastidi da questa situazione.

Nel pomeriggio di quello stesso giorno, stavo con la mamma quando si sentirono in lontananza degli spari e delle grida, immaginai cosa poteva essere successo ed attendevo il mostro con qualche macabro bottino.

Dopo alcune ore, passate come sempre a cercare cibo, si presentò Akacià che apparentemente non aveva nulla da mostrare, evidentemente gli spari non lo avevano minimamente impensierito, poi ad un suo grido la mamma si alzò, ma non mi prese per mano, qualcosa si stava incrinando tra noi, però non si mostrava ostile nei miei riguardi, ma credevo bene che la mia vicenda si doveva concludere.

Il mostro ci accompagnò nella foresta volteggiando da una liana all'altra con leggerezza incredibile, poi ci precedette in un luogo nella quale non c'erano alberi alti, poi d'improvviso sentii del vento caldo il profumo del mare, quindi eravamo vicini alla costa, Akacià si fermò e con le braccia conserte attese il nostro arrivo e quello che vidi non lo dimenticherò mai più in vita mia, in una fossa c'erano i corpi di almeno sei o sette persone con la testa mozzata, e mi

sembrò di vedere il corpo del paesano Francesco, una gran brutta fine, Akacià da solo aveva commesso una nuova strage, senza il minimo sforzo, in modo metodico e preciso, non c'erano dubbi, Akacià era un paranoico.
Credeva d'aver fatto chissà quale impresa , sembrava soddisfatto e già immaginavo cosa avesse fatto delle teste di quei poveretti, sicuramente un qualche ornamento, non ne potevo più non ce la facevo a resistere era troppo il raccapriccio, ora anche la mamma mi sembrava proprio quello che era e cioè un animale, sentii ancora l'odore del mare guardai in alto, non lo avevo mai fatto e mi resi conto che era più facile orientarsi, volevo fuggire ad ogni costo, ora mi sentivo perduto ed in preda alla disperazione, cominciai a piangere, certo non era l'ideale per un uomo, ma non era certo come trovarsi con gli amici all'osteria od al caffè, la forza l'avevo, ma certo quegli esseri, era come non averla affatto.
Akacià se ne andò come un fulmine, la mamma stranamente non mi rivolgeva neanche un po' attenzione, poi fu come se i miei occhi avessero perso la luce, li riaprii e mi ritrovai a correre, ora o mai più, presi un sentiero e correvo come non mai, ed il sentiero sembrava praticabile e più percorrevo e più si allargava fino a divenire una vera e propria strada, sembrava non avere fine, poi continuai a correre più piano per resistere fino alla fine, quella strada doveva pur portare in qualche posto, l'odore del mare si faceva sempre più forte, era la direzione giusta.
Sentivo la salvezza sempre più a portata di mano l'odore del mare era ormai un tutt'uno con l'aria, quell'odore amico con cui ero cresciuto ora mi accompagnava verso il mare, verso la salvezza.
Corsi per più di due ore, facendo delle soste per prendere fiato, non potevo fermarmi proprio ora, poi quando la strada sembrava non finisse mai, dopo una curva vidi da lontano delle case, ero finalmente arrivato, anche se stremato continuai a correre temevo troppo Akacià, arrivai nello spazio degli uffici del porto e caddi a terra senza forze.
Il sudore mi aveva bruciato gli occhi, la vista era sfocata, vidi alcune persone corrermi in aiuto dalle voci riconobbi Alex e Tiffany e qualcun'altra ma non ricordo, mi abbracciarono e baciarono, mi aiutarono a rialzarmi; ero allenato al lavoro ma non alla corsa, ero sfinito,fui condotto nell'ufficio c'era anche Higgins, si avvicinò e mi porse la mano:

- Bentornato Al, ho saputo da Alex cosa ha fatto, è stato encomiabile, ma potevo rimetterci la vita, comunque grazie da tutti noi. -

Higgins si allontanò poi si fermò, si girò verso di me e disse divertito:

- A proposito Al, mi sono messo in contatto con la mia banca ed ho bloccato gli assegni ai nostri baldi cacciatori. -
- Questa è una bella notizia lord Higgins. -

Poi Alex, mi chiese di raccontargli cosa era accaduto ed io risposi:

- Cosa! Non è accaduto – volendo intendere che mi era accaduto di tutto peggio di quello c'era solo la morte. -

Quando mi fui rinfrancato ed avevo le idee più chiare uscii dall'ufficio, avevo le gambe un po' pesanti, ma avevo recuperato le mie forze, mi avvertirono che saremmo partiti il giorno seguente per Napoli.

Ci intrattenevamo con i dirigenti del porto e fu uno di loro che accennò alla spedizione belga, io chiamai in disparte Alex e gli chiesi consiglio se rivelare ciò che sapevo della spedizione belga.

Alex mi disse di non dire nulla per il momento, voleva parlarne ad Higgins.

Il mio sguardo era rimasto fisso alla foresta ed ogni foglia che si muoveva temevo di vedere spuntare Akacià, ma il delinquente non sarebbe mai uscito dal profondo della foresta quello era il suo regno, li era il vero dominatore, era il suo ambiente naturale in cui era stato allevato, no, non sarebbe mai uscito, mai.

Sapevo i suoi limiti, lui aspettava le sue vittime nel suo ambiente, dove era imbattibile, e poi non credo si fosse posto il problema se fuori di li sarebbe stato forte lo stesso, tanto non sarebbe mai uscito allo scoperto.

Andammo in una bettola gestita da un nero, e ci sedemmo a sorseggiare bibite fresche, si misero seduti vicino a noi due avventori e cominciarono a parlare fra di loro, parlavano inglese ed io non capivo, poi Alex mi sussurrò: - parlano della spedizione belga. -

- Per loro non c'è più speranza – risposi.
- Comunque – mi disse Alex: - ho parlato con lord Higgins e mi ha raccomandato di non dire nulla, potrebbero esserci delle complicazioni giudiziarie. -
- Penso che sia meglio così. -
- Al, il nostro non è egoismo o cinismo, ma in queste terre la prima cosa da tenere in primo piano è la prudenza, che ce l'ha può raccontarlo, chi non l'ha paga con la vita, è ciò che è accaduto ai belgi. -
- Non ti preoccupare Alex, tanto più che lo avevo avvisato il mio paesano,- però quello che ho visto non lo dimenticherò mai. -
- Deve essere stato raccapricciante. -
- Molto di più Alex, ti lascia segnato dentro, e spero che il tempo venga in aiuto.

Il mattino seguente ci imbarcammo e verso mezzogiorno prese il largo.

Ci lasciammo dietro il fallimento, la morte, lo sgomento e la testimonianza dell'esistenza della scimmia bianca, o dell'uomo scimmia o come lo chiamavamo gli indigeni Akacià, unico vero signore della foresta, l'incontrastato dominatore, una belva affamata di sangue, ma pensandoci bene non era affamato di sangue, egli come le bestie difendeva il suo territorio, anche se un po' grande, ma credo che in tutto il continente non c'era un uomo più forte di lui.

Finiva questa mia incredibile avventura la scia della nave si faceva sempre più

lunga la terra cominciava a scomparire dietro le dune dell'oceano limpido ed indefinito.
Durante il viaggio mi svegliai di notte molte volte a causa degli incubi che mi facevano battere forte il cuore, sudato e tremante, accendevo la luce, ed Akacià non c'era, popolava solo i miei sogni.
Sbarcammo a Napoli, la mia Napoli, la prima cosa che volevo era un caffè.
Sbarcammo tutti insieme, Higgins mi disse:

- Al, ora che siamo tornati, avrei piacere di conoscere i tuoi genitori, ed avrei in mente di invitarli ad un pranzo, ci farete questo onore? -
- Certo Lord Higgins, non mancheremo. -

Così lasciato tutto il mio bagaglio al porto, tornai a casa mia, appena arrivai sotto casa cominciai a chiamare mia madre, non volevo provocarle un'emozione troppo forte così alcuni vicini di casa mi precedettero così mentre io salivo le scale lei mi aspettava sulla porta l'abbracciai e lei scoppiò in pianto.

- Visto ma', che non mi è accaduto nulla? -

Le dissi per rassicurarla, povera mamma come doveva aver sofferto, mentre tenevo stretta mia madre, sentii dietro le spalle esclamare:

- Finalmente è tornato l'africano – mi voltai mio padre mi abbracciò anche lui e dai suoi occhi vidi più di un luccichio, ma non voleva darlo a dimostrare, il pianerottolo e le scale erano piene di vicini io mi rivolsi a loro: - amici vi ringrazio per la vostra accoglienza, per ora vi saluto, magari domani staremo insieme, ciao a tutti e grazie di nuovo. - Detto questo entrammo in casa.
- Finalmente a casa è troppo bello. -

Passai tutto il pomeriggio e la serata a raccontare le mie avventure ma non accennai ad Akacià, era una storia inverosimile, e la tenni sempre per me, non volevo e non volli mai coinvolgere i miei cari genitori in una storia più grande di me e che sicuramente mi avrebbe complicato i rapporti con loro, con i miei amici e feci bene, in fin dei conti solo io avevo visto Akacià ed anche Alex ma io lo avevo conosciuto bene, avevo sentito il suo respiro ringhiante, mi aveva minacciato, picchiato, e forse mi avrebbe ucciso se non fosse stato per la mamma, tutti segreti che non avevo mai rivelato se non in una mia pubblicazione redatta in Inghilterra, e questa sera con voi, cari giovani amici.
Il giorno seguente fu una giornata memorabile, mi recai con i miei genitori in uno dei locali più eleganti di Napoli, ove Lord Higgins aveva organizzato il pranzo.
Ci fu un incontro cordialissimo, i miei amici si fecero incontro a noi accogliendoci con strette di mano ed abbracci, i miei genitori erano confusi ma contenti, lord Higgins si avvicinò li salutò poi accompagnò mia madre al tavolo e le porse la sedia, poi fece accomodare mio padre e gli disse: - volevo conoscere i genitori di questo giovane, forte, leale ed un vero amico e se egli è

tale come potranno essere i suoi genitori? -
Un complimento che frastornò mio padre.
Dopo il pranzo Lord Higgins mi disse: - Al, perché non ti trasferisci con noi in Inghilterra? -
Una richiesta che mi lasciò di stucco non sapevo rispondere poi preso coraggio risposi: - mi lusinga la sua richiesta, ma non so quale impatto potrebbe avere sui miei genitori, è una domanda che mi lascia combattuto. -
Anche i miei genitori non sembravano entusiasti anche se erano attratti dal carisma di Lord Higgins.

- Non voglio perdere un amico di tale statura, che mi ha salvato la vita più di una volta, e poi aveva sacrificato la sua vita rimanendo nella foresta per farci fuggire, no, non rinuncerò mai ad un tale amico. -

Alex era anche del parere di suo zio: - Al, vieni con noi, ormai sei un amico, anzi più che un amico. -
Si vedeva che ero molto combattuto poi finalmente Lord Higgins risolse la situazione: - Al, ti posso capire, non è facile rinunciare a questo sole, a questo mare, a questi profumi mediterranei, non voglio forzarti, ma prima o poi ti porterò a Londra, per ora stai tranquillo a Napoli, con i tuoi genitori, ti darò una retta mensile che ti permetterà di comprare una casa nuova per te e per i tuoi genitori, tuo padre non dovrà più lavorare e tu dovrai finire i tuoi studi, ogni anno nei mesi da gennaio a maggio verrai con i tuoi genitori a Londra dove sarete miei ospiti, anzi tu non sei un ospite ma un componente della mia famiglia, ricordati Al, mi hai salvato la vita più di una volta e stavi sacrificando la tua per tutti noi, come premio per ora oltre alla retta mensile ti regalerò il corrispondente che dovevo ai nostri cacciatori e che risponde alla cifra di circa tremila sterline: - Io rimasi senza parole, era una cifra colossale poi Lord Higgins soggiunse: - Vedi Al, ora capisci perché non voglio perdere un amico come te?
Non ti sei scomposto neanche dinanzi ad una cifra come questa. -
Così i miei amici partirono la spedizione originaria si era ridotta a Higgins, Alex, Tiffany, Roland ed il sottoscritto, ma io rimanevo a Napoli, partirono con la mia parola che non avrei mai interrotto i miei rapporti con loro.

- Professore – gli chiede Luigi – ma lo rivide Akacià? -
- Questa è una bella domanda, mi chiedi se rividi Akacià?

Tornai in Africa nel 1946, nello stesso posto era cambiato poco, c'erano ancora quella specie di uffici doganali, qualcosa era cambiato era sorto nei paraggi un piccolo villaggio, arrivai la mattina, sbarcai e mi ritrovai in quei luoghi dove vent'anni prima avevo avuto quella straordinaria avventura.
Mi guardavo intorno, era tutto uguale come allora, la foresta sembrava guardarmi con i suoi occhi avvolti nel mistero, ero tornato lì, spinto chissà, forse dal desiderio di rivivere le mie vicende passate, oppure soltanto perché tornavo indietro di venti anni quando ero un giovane vigoroso, mi aggirai nel

mercatino locale, le autorità del luogo mi raccomandarono di non allontanarmi a causa dei borseggiatori che non esiterebbero ad uccidere per un paio di scarpe. Rimasi sempre nel villaggio, però pagando riuscii a farmi fare da scorta da due poliziotti fino ai margini della foresta.
Passai qualche giorno in quel villaggio, andando per la maggior parte del tempo nel locale dove mi intrattenni venti anni prima, e cercavo di sapere notizie di Akacià e lo feci con un signore Belga, imprenditore di Liegi.

- Si sa qualcosa dell'uomo scimmia? - Chiesi all'uomo.
- Lei come tanti ricchi europei è venuto qui per provare il brivido dell'uomo scimmia? - Mi rispose con tono sarcastico.
- No, ma mi dica qualcosa su di lui. -
- Sono solo favole, fantasie. -
- Ma da quando se ne parlava? -
- Già negli anni venti, si narrava di questo essere e sembra che abbia anche ucciso. -
- Lei sa qualcosa o molto di più? -
- Io so molto. -
- E cioè! -
- Ad esempio sembra che comandi tutti gli animali. -

Io risposi: - e che abbia ucciso nel venticinque alcuni esploratori inglesi e alcuni portatori. -
L'uomo rimase sorpreso poi ripreso il suo cipiglio da saputo: - io credo che non esista.

- Ed allora chi massacrò la spedizione belga nello stesso anno? -
- Lei come fa a saperlo? -
- Come faccio a saperlo? Lo so caro signore, io facevo parte della spedizione inglese e l'uomo scimmia fu l'autore di quelle morti, uccise sei indigeni, alcuni portatori ed un cuoco inglese, e sono stato testimone della strage dei belgi ed il colpevole era l'uomo scimmia. -
- Ma è sicuro di quello che dice? -
- Sicurissimo solo io conosco il vero nome dell'uomo scimmia, e se lei ha intenzione di intraprendere qualche iniziativa nella foresta ci rinunci. -
- Lei è un personaggio strano, ma simpatico, io andrò nella foresta per i miei commerci, e me ne frego dell'uomo scimmia e poi ora avrà cinquant'anni e solo con i reumatismi sarà innocuo. - L'uomo si alzò mi diede una pacca sulla spalla – mi creda, l'uomo scimmia non c'è, lei è un romantico.
- Mi ero lasciato andare ai miei ricordi nostalgici con troppa foga forse avevo esagerato. -

Decisi di rimanere qualche giorno in più, e cercavo notizie di Akacià e ne parlai con un venditore di pelli, costui balbettava un po' d'inglese e gli chiesi se nella

foresta c'erano state altre sparizioni di uomini e l'uomo mi disse: sono nato in quella regione ed era dal 1920 che sapeva dell'esistenza di Akacià, ma nessuno mi aveva mai creduto, mi confermò che sapeva anche della spedizione inglese decimata da Akacià nel 25 e una belga mai ritornata dalla foresta.
Poi mi parlò di altre spedizioni trucidate da Akacià ma le autorità davano la colpa agli indigeni della foresta, poi un giorno il governo assoldò dei mercenari, mi sembra nel 1945, ne mandò almeno duecento, ne uscirono si e no una quarantina degli altri non se ne seppe mai nulla, ma fra il '25 ed il '45, molti altri penetrarono nella foresta ma molti di loro persero la vita là dentro ed io sono sicuro che è stato sempre e solo Akacià.-

- Anche io lo credo, e mi credi se ti dico che io feci parte della spedizione del '25, ci salvammo in cinque? -
- Chi era il capo della spedizione? -
- Lord Higgins -
- Si – esclamò l'uomo – era lui, me lo ricordo e forse ricordo anche di te. -
- Io ero solo un tuttofare. -
- Akacià non permetterà mai a nessuno di invadere il suo territorio ne prima, ne ora, ne mai. -
- Proprio ieri ho parlato con un mercante belga, doveva andare nella foresta per i suoi affari. -
- E quella sarà la sua tomba – rispose deciso l'uomo.

Passarono cinque giorni, al mattino del sesto, entrarono nel villaggio due uomini della spedizione belga, i due erano terrorizzati, farneticavano; furono messi sotto osservazione, quei due erano i superstiti di quella spedizione, ed oltre a loro due non tornò più nessuno.
Il mattino seguente decisi di partire, avevo fatto imbarcare i miei bagagli ero intento a guardare i venditori quando fui urtato da un uomo che continuò a camminare era molto alto e grosso, avevo sentito il suo respiro ringhioso, indossava una palandrana nero con il cappuccio e mi ricordai che erano le stesse che avevamo noi nel '25; quindi quell'uomo era Akacià; ma allora capivo la differenza fra lui e gli altri uomini, fra il suo mondo e quello degli altri, aveva deciso di visitare quel mondo da dove venivano tutti quelli che volevano invadere il suo, io colto dall'emozione lo chiamai – Akacià? - egli si fermò, si girò lentamente poi vidi il suo volto; era lui, mi sorrise sardonicamente, si voltò e sparì nella vegetazione allora dissi: - vai, torna nel tuo mondo e che Dio perdoni i tuoi peccati, ed abbia pietà di te in fondo sei uno che soffre, che il Signore salvi la tua anima, amen.
Mi imbarcai alla volta di Napoli e non vidi più Akacià.

- Professore, ma tornò in Inghilterra? - gli chiese Francesca. -
- Come avevo promesso ad Higgins, tornai ogni anno a Londra, finché nel 1938, mi fu recapitato un telegramma che precedeva l'arrivo di Alex con

sua moglie a Napoli ed il motivo era questo: Higgins mi mandò a prelevare con i miei genitori, poiché l'Europa era sull'orlo della guerra e non voleva che soccombessi, così partimmo e rimanemmo lì dal 1938 al '46, la mia vita è stata un'avventura, tanto che non sono riuscito a sposarmi e sono rimasto scapolo ma l'incontro con Akacià ha sconvolto la mia vita, per fortuna che non sono solo poiché conobbi una ragazza inglese che mi diede due figli, ma non ci sposammo mai, ora i miei figli vivono con me a Roma, la madre andò in Australia con un altro uomo, le nostre mentalità erano troppo diverse ci eravamo illusi di poter vivere una vita insieme, non fu una separazione drammatica, ed oggi io vivo con i miei due figli e non chiedo altro alla vita.

- La sua professore è stata una vita avventurosa? -
- Credo che sia la vita che mi abbia giocato un brutto tiro, non che mi possa lamentare, però come si fa con un mostro; mi ha sbattuto in prima pagina.
- Professore – gli chiede Luigi: ha mai più sentito parlare di Akacià? -
- Egli era un assassino, sanguinario e paranoico e tuttavia gli ero affezionato e in collaborazione con un giovane africano Pierre Deladoge studioso di antropologia conosciuto all'Università di Roma, gli affidai un compito, appunto quello di seguire in loco le imprese del mostro, in cui mai nessuno ha creduto lei mi chiede se seppi ancora notizie di Akacià ebbene si, dopo attenti studi Pierre si convinse che Akacià doveva aver concluso la sua carriera poiché erano circa otto mesi che più nessuno veniva ucciso nelle foreste, quindi il bravo Pierre con una ardita spedizione si avventurò alla ricerca della grotta di Akacià, io gli descrissi i luoghi del tempo fu un piccolo aiuto che tuttavia gli permise di rintracciare Akacià, entrarono nella sua grotta e la trovarono sbarrata, come poteva essere vi chiederete? -
- Certo è strano – rispose Vittorio. -
- Comunque il mistero è risolto, poiché Akacià prossimo alla morte si barricò nella sua grotta e morì sul suo giaciglio dove fu trovato mummificato e dopo alcuni esami si pote accertare che era morto da due anni.

Io dissi a Pierre di fargli officiare un funerale cattolico e sepolto come tutti i cristiani in un cimitero cattolico della città più vicina. -

- Professore quanti anni è vissuto Akacià? -
- Da calcoli effettuati penso che morì intorno ai settant'anni fu ritrovato a giugno del 1970, dominò le foreste dell'Africa per cinquant'anni e mai nessuno lo ha visto è rimasto una leggenda invece era tutto vero, povero Akacià, fui felice quando gli feci fare il funerale ed anche se ormai morto lo feci battezzare, povero amico mio, quale ruolo gli era stata assegnato. -
- Professore, sembra come se le dispiacesse. -

- Certo, mi dispiace, non deve essere stato bello per lui vivere come una bestia, era irrecuperabile per lui non si poteva fare nulla, era troppo grande per essere rieducato, povero amico mio. -

Il professore termina il suo racconto e tutti sono rimasti senza parole, hanno ascoltato la verità su Tarzan, ma su quello vero, il tiranno il vero unico sovrano delle foreste impenetrabili.

- Professore sono le due del mattino – dice Francesca.

www.ingramcontent.com/pod-product-compliance
Ingram Content Group UK Ltd.
Pitfield, Milton Keynes, MK11 3LW, UK
UKHW020233250726
13967UKWH00001B/342